RL BOOKS

Një natë te Luiza
(ribotim i rishkruar)
Copyright 2024 © Arbër Ahmetaj
Redaktore: Ornela Musabelliu

Gjithë të drejtat të mbrojtura. Ky libër, apo pjesë të tij, nuk mund të riprodhohen ose përdoren në çfarëdolloj forme pa lejën e shkruar të botuesit, përveç rasteve të citimeve të shkurtra për recensione apo analiza letrare.

ISBN: 978-2-39069-031-3

Kopertina: Dritan Kiçi

RL Books
www.rlbooks.eu
admin@rlbooks.eu
Brussels, Belgium, 2023

Arbër Ahmetaj

Një natë te Luiza

RL BOOKS
2024

Rrëfim dashurie

Luiza kish vënë një disk me muzikë xhaz. Prej saj mësova që ishte Bobby McFerrin dhe grupi i tij "Yellow Jackets". Nuk e kisha dëgjuar kurrë e as më rastisi më pas asaj pasditeje. Më pëlqeu. Qe fund maji. Qielli kish marrë një të purpurt të lehtë. Një papagall plot ngjyra lëshonte herë pas here tinguj të çuditshëm. Një lloj fjalimi i pakuptueshëm, por shumë energjik. Pastaj merrej me ushqimin, pinte ujë dhe rrotullonte kokën sa andej-këndej, në kafazin e varur në pemë. Gruaja erdhi me një shishe verë të bardhë, dy gota dhe një pjatë mollë "tentation". Papagalli lëshoi edhe ca fraza e prapë u qetësua. Bobby këndonte, imitonte tinguj, gjallesa, fëshfërima e nganjëherë i linte vend orkestrës.

- E lexova me një frymë romanin tënd! Por, ma zuri frymën!

Luiza vinte nga Islanda. E njoha në një seancë nënshkrimesh, ku ajo shërbente verë, buzëqeshje dhe kartëvizita për pjesëmarrësit. Kishte pranuar t'i jepte një dorë librares që organizonte mbrëmjen për mua, me kusht që të mund të shpërndante kartëvizitat, ta bënte të njohur shërbimin e saj të masazhit indian. Ma dha edhe mua një, kur po i nënshkruaja romanin tim të parë, të sapobotuar në frëngjisht.

Ulur përballë saj, dy javë më vonë, nuk po dija si t'i merrja ato fjalë. Por, siç e kërkojnë rregullat e njerëzve publikë, që më është dashur t'i mësoj i detyruar nga agjenti im letrar, e falënderova për sakrificën që kishte bërë: pat vrarë pa mëshirë dy apo tri ditë të lexonte romanin tim, në vend që të fërgonte patate, të shëtiste vreshtave apo të bënte shooping... Ah shooping!

Sigurisht që nuk ia thashë. Me vete kisha marrë edhe dorëshkrimin e librit tim të fundit me tregime, sikur ta kisha parandierë se biseda rreth romanit do ia zinte frymën edhe bisedës sonë.

- Ma mori frymën, - vazhdoi ajo, - je treguar i pamëshirshëm në përqendrimin e anëve të errëta të jetës.

- Titullin në origjinal e ka "Fletëhyrje për në varr", - i thashë. - Me gjithë zbutjen në frëngjisht, libri është po ai.

- Edhe një histori dashurie që ke sjellë në atë libër, e ke futur në kurthin e një keqkuptimi me pasoja të rënda. Prisja që aty të paktën të ishe pak më i kujdesshëm me lexuesin, të cilin e torturon pa mëshirë deri në fund.

- Të kuptohemi, nuk ka qenë ky synimi im. E kam shkruar pa menduar për lexuesit; madje as që shpresoja se do botohej një ditë. Kjo mund të jetë e gabuar, por realitetin që përshkruaj në atë roman, nuk më lejohej ta zbukuroja që të mos "ia zija frymën" lexuesve!

— Tekste të tilla gjenden në letërsinë e shumë popujve. Irlandezët, për shembull, edhe pse nuk e përmendin, e kanë trajtuar çështjen e mungesës së lirisë në shumë romane. Jo vetëm atë që ua kishin marrë britanikët, por, në të njëjtin shtresëzim simbolik, sjellin shtypjen e lirive nga ana e autoritetit të kishës. Komitetet e partisë apo institucionet e shërbimeve sekrete në vendet tuaja nuk ndryshojnë shumë prej fuqisë satanike të kishës, jo veç asaj katolike apo institucioneve të ngjashme në fe të tjera. Priftërinjtë kanë pasur në dorë jetën tuaj mbi dhe, në qiell apo parajsë, por kanë pasur të drejtë edhe mbi trupin e shpirtin tuaj. Ata kishin në dorë emocionet, dashuritë, deri edhe bukën e gojës së subjekteve të tyre. Dhe e kanë ushtruar atë pushtet me përpikëri frymëzënëse.

— Ndoshta, - ia ndërpreva fjalën, - por për njerëz si unë, që kanë jetuar në vende ateiste, kjo lloj shtypjeje nuk kuptohet. Ne na "çliruan" nga këto gjëra për të na i marrë të gjitha, edhe të drejtën për të besuar e për t'u lutur në fshehtësi. Pastaj, edhe sot e kësaj dite na duket se, njerëzit që flasin kështu, janë shejtanë të bolshevizmit ose pjellë e keqe e revolucionit francez.

Vuri buzën në gaz me këtë bashkërenditje të shejtanëve e pjellave të këqija të revolucionit. Nxori shishen nga një kovë e argjendtë me akull dhe mbushi gotat. I ngritëm dhe uruam në anglisht "Cheers!". Më pyeti se si thuhej në shqip kjo fjalë. U përpoq ta shqiptonte, por nuk ia arriti dot dhe qeshi. Flokët e verdhë iu drodhën si rrezet e diellit në një pellg uji të trazuar.

- Kam studiuar për letërsi në Rejkjavik dhe Dublin. Pastaj ndoqa ëndrrën time për t'u bërë aktore në Londër. Aty, things went wrong, drugs and so on ! Jam kuruar për dy vjet në një klinikë dezintoksikimi në Gjenevë. Aty mësova edhe frëngjisht.

- Gjëra që ndodhin. Më vjen mirë që kjo i përket së kaluarës! "Jetojmë në tokë, s'ka kurë që na shpëton nga kjo ndotje!", në mos gabohem, shkruan në mbyllje të një drame Samuel Beketi.

Si të qe i një mendjeje me fjalët e dramaturgut, papagalli lëshoi disa tinguj të gëzueshëm. Qeshëm. Pas pak çasteve mendova se biseda kishte marrë për keq. Kisha vite që u ruhesha përzierjeve të tilla. Nuk e njihnim njëri-tjetrin sa për të folur për drugs and so on. Megjithatë, më erdhi mirë që ajo, sinqerisht dhe shpejt e shpejt, foli për atë problem të së kaluarës së saj, si për të mos më lënë me iluzione. Qe një qenie njerëzore me gjithë hipotekën e përvojave, arritjeve dhe dështimeve të veta. Atëherë kur po mendoja se nuk do fliste më për të shkuarën e saj, por do t'i rikthehej romanit tim, duke pulitur sytë, më tha:

- My London experience vrau tek unë thelbin e të qenit njeri, aftësinë për të dashuruar. Pozova si modele për dy-tri faqe me ngjyra të një reviste mode. M'u duk vetja se kisha arritur majat e suksesit. Më ofruan role në filma pornografikë dhe nga pak pluhur të bardhë. Pas kësaj, i dashuri im, një indian i ardhur në Dublin, për të studiuar mbi Xhojsin, iku në Pakistan, pasi avioni kushtonte më lirë sesa për New Delhi. Aty e arrestuan dhe e dërguan në burgun e Abu-Grabit. Vdiq nga torturat. Letrën e tij të fundit e mbyllte kështu: "Po ma marrin shpirtin, veç një gjë s'ma marrin dot: dashurinë për ty!". Ajo letër më nxori nga droga!

Gjëja që doja t'i shmangesha më së shumti asaj pasditeje qe pikërisht ajo që po ndodhte. Një grua e panjohur po më tregonte historinë e saj, ndoshta me shpresën se ndonjë ditë do shkruaja për të. Më kishte ndodhur shpesh një gjë e tillë dhe gjithmonë më linte një shije të keqe. Papagalli i shpeshtoi ndërhyrjet. U bë i bezdisshëm. Dielli po i afrohej perëndimit, ndërsa vera po më ngrohej në gotë. Ajo hodhi prapë. Deshi të ma mbushte edhe mua. Kundërshtova me delikatesë, por nguli këmbë. U ngrit dhe u kthye me një libër në dorë. Pa mundur ta shihja titullin dhe autorin, ajo e hapi diku dhe lexoi ca vargje:

J'ai la fureur d'aimer.
Mon coeur si faible est fou
N'importe quand,
n'importe quel et n'importe oû!

S'jam i qetë pa bërë dashuri.
E dobëta zemër u çmend
S'ka rëndësi kur,
me kë e në cilin vend! - i përktheva shpejt e shpejt me

mendje.

- Kështu shkruante Pol Verleni, që s'mund të imagjinohet pa dashuritë e tij të stuhishme, - tha duke mbyllur librin "Cent poèmes de Paul Verlaine".

Intelektualët që jetojnë rreth e rrotull meje, të cilët për fat nuk shkruajnë tregime, as romane, por kanë vetëm ide të mëdha, më thonë shpesh se letërsia e madhe është rezultat i dashurive të mëdha dhe më përmendin Homerin, Danten, Shekspirin, Tolstoin, Markezin, Coelhion...!

"Floberi ka thënë: 'Je suis Madame Bovarie!'", më tha njëherë im bir, që është bash në moshën e tërmeteve hormonale me lëkundje të larta. Një bombë h me dy këmbë, me trup e pamje atleti. Kështu po bënte edhe Luiza. A thua ata e ndjenin se në librat e mi nuk flitej edhe aq për dashurinë? Apo ishin këshilla dylekëshe, sa për të bërë të diturin?

Letërsia, si dashuria, më mbrojnë nga ambiciet e kohës, nga vaniteti i të qenit dikushi, nga ëndrrat për t'u bërë i pasur dhe ndikues. Të dyja, edhe letërsia edhe dashuria, përbëjnë për mua kurën mbrojtëse më të sigurt ndaj tërheqjeve të tilla universale. Ato më kanë mbajtur e më mbajnë të lidhur me veten, me thelbin e thjeshtë e të mrekullueshëm të të qenit njeri. Dikur kishte me tepri njerëz që më tallnin, që më vlerësonin si jashtë kohe: kjo më kënaqte, më jepte siguri. Dashuria dhe letërsia ia kishin arritur qëllimit. Më kishin ruajtur nga ajo murtajë gëlltitëse, që vërtitej rreth e rrotull.

U ngrita. Në hyrje të sallonit pata lënë kopjen e shtypur të disa tregimeve. Botuesi dhe agjenti letrar më kishin këshilluar që të botoja diçka më ndryshe sesa romanet e mia, diçka më të butë, më të ëmbël. T'i shmangesha me çdo kusht cilësimit si shkrimtar i ashpër, i errët, i palexueshëm apo i vështirë! Po çfarë shkrimtari isha në të vërtetë? A ia vlente të krahasohesha? Po të isha si ky ose si ai, çfarë vlere do kishte të shtohesha edhe unë? Të kishim edhe një shkrimtar më tepër? Atdheu po bëhej gazi i botës. S'kishte familje që s'kishte një ose dy shkrimtarë. T'i pyesje të rinjtë në rrugë se çfarë donin të bëheshin, kryeministër, së pari të përgjigjeshin, së dyti, shkrimtar! Shqipëria e ngratë e sapoçliruar nga komunistët, u sulmua në befasi nga hordhia e shkrimtarëve. U gjet e përgjumur. U pushtua. Në atë shkërdhnajë shkrimtarësh, vështirë të shquheshe, të fitoje besim në vetvete. Prej askujt s'mund të prisje sinqeritet, të të thoshte haptas: shqyeje atë dorëshkrim, ndiz zjarr me të! Fshij bythën me të. Ja pse një pjesë e madhe e autorëve, me paratë dhe ndihmat e kushërinjve të mërguar, lypën e gjetën përkthyes për veprat e tyre dhe u dhanë punë shtypshkronjave në Evropë, për të printuar kryeveprat e tyre të pakuptuara në gjuhën amtare. Ja pse edhe unë kisha përkthyer "mjeshtërisht" disa nga tekstet e mia dhe doja të dija mendimin e një lexueseje të huaj. Për romanin e parë kisha marrë disa vlerësime, përdredhje buzësh dhe komplimente nga njerëz që e kishin lexuar librin e një autori të huaj, të kuptonin se me kë ishin fqinj. Gazeta lokale botoi një bisedë me mua, që u bë shkak të më ftonin në shoqatën e shkrimtarëve, të më thërriste drejtori i bibliotekës e të më propozonte që nga gjithçka që botoja, të ruaja dy kopje për bibliotekën e qytetit, pasi, tashmë, isha autor nga qyteti i tyre. Lexuesja e huaj, për fatin tim, ishte një studiuese e letërsisë, e rënë sigurisht nga vakti për shkak të "përvojës londineze", por studimet e saj qenë efektive dhe sapo kishte nisur përpjekjet për të dhënë mësim anglisht dhe letërsinë e asaj gjuhe në kolegjin privat "Kurt Bosch".

Luiza ndërkohë i qe përgjigjur disa telefonatave dhe po merrej në brendësi të apartamentit me disa çikërrima. Dikur erdhi dhe u ul përballë meje.

Ia zgjata. "H-bombë" qe titulli. Isha i sigurt që botuesi nuk do ta pranonte, edhe pse h ishte për "hormonale".

Ajo më dha librin e Verlenit. U zhytëm të dy në lexim. Papagalli humbi në mendime ose fjeti gjumë. Nuk ia ndjeva më zërin. Gjë që më gëzoi jo pak. Teksti i parë që po lexonte Luiza, titullohej:

Fqinja jonë përvëluese

Gjithçka u dogj. U bë vapë e tmerrshme. Brenda meje u ndez një zjarr, që s'dija si ta shuaja, nuk dija si të sillesha me të, një zjarrmi që më linte pa gjumë, më mbante gjithë ditën e lume në këmbë, duke u endur sa në një qosh në tjetrin. Librat që kisha në shtëpi, nuk më jepnin asnjë të dhënë, asnjë informacion. Në bibliotekën e qytetit s'guxoja të kërkoja të tillë. Qe e ndaluar, jo veç për moshën time, për të gjithë. Shalëgjata e bibliotekës thoshte se një ndalim i tillë ishte bërë për të mirën e shëndetit tonë moral! I gjithë qyteti ishte i moralshëm, askush s'lexonte asi librash. Shkak i atij përvëlimi tërësor qe Lina J. Ajo banonte në katin poshtë nesh. Kjo ishte e mjaftueshme për ta njëjtësuar atë me gjuhët e flakës, që do përfshinin gjithë familjen tonë ushtarake.

Jemi katër vëllezër. Tre të mëdhenjtë kanë veç nga një vit e pak në mes, ndërsa unë, më i vogli, diferencohem me disa me atë që ndodhet para meje. Vëllai i madh, asokohe, kishte mbaruar ushtrinë, kish krijuar familje dhe banonte diku në anën tjetër të qytetit. Vëllai i dytë, "i madhi" që kishte mbetur në shtëpi, qe më i keqi, më rrugaçi. Mirëpo ky rrugaç ishte fort i hijshëm, villak i gjatë e truplidhur, me sy jeshil të mëdhenj, në një fytyrë të bardhë e të imtë, të skalitur me shumë kujdes. Kishte flokë të zinj, të gjatë, më të gjatë se ne të tjerët, të rëndë dhe të hijshëm, të larë dhe vezullues. Ai që kam para vetes, qe tip shkencëtari a shkrimtari, nuk e di. As që merrej vesh ç'qe. Përgatitej për studime të larta, herë në teatër, herë në kimi, herë në letërsi. Ajo që dinim saktësisht, ishte se ai s'bënte pjesë më në familjen tonë, jetonte me avujt e librave, me ethet e mësimit.

Sapo kisha mbaruar klasën e tetë. Kishte filluar të më dukej vetja i rritur. Jo aq sa të guxoja të kundërshtoja "urdhrat" e vëllait të madh, por jo edhe aq i vogël sa të mos guxoja t'i bëja hile. Por zjarri shtëpisë sonë nuk i hyri për shkakun tim, por prej fqinjës sonë.

Ajo, fqinja jonë përvëluese, qe nja dy-tre vjet më e madhe se unë. E sikur të mos mjaftonte kjo, unë qeshë edhe me shtat tmerrësisht më i vogël se ajo. Mezi i arrija tek supi, por edhe për nga të tjerat, nuk i bija as në zog të këmbës, në atë zog këmbe që dukej sikur cicëronte sipër sandaleve të llastika. Dy herë, duke u varur sipër ballkonit, kisha arritur të shihja pothuajse një të tretën e gjinjve të saj të trëndafiltë, dy gjysmëtoptha rozë të harkuar magjishëm, që i imagjinova me nga një luleshtrydhe të zjarrtë në majë. Kaq mjaftoi që në fund të kraharorit të ndjeja një përvëlim të pandërprerë, një si rrëshqitje të vazhdueshme që më mundonte, më bënte të harroja urinë, etjen, lodhjen dhe të gjitha hallet e deriatëhershme.

Ajo qe plotësisht e ndërgjegjshme për pasuritë e saj, ndaj luante me to me shumë kujdes, aq sa për të shtuar lakminë e të tjerëve, por jo për t'i vënë në rrezik. E donte veten më shumë se të tjerët, donte bukuritë që mbarte dhe nuk kujdesej për ato të të tjerëve. Nuk kishte ndërmend të shkëmbente gjë, as të ndante gjë; i mjaftonte vetvetja. I mjaftonin sytë e kaltër, me të cilët mund të shihte gjithçka. Pse thonë se sytë e bukur shohin vetëm gjëra të bukura? Unë s'kam sy të bukur, të paktën jo aq sa të përfitonin të drejtën të shihnin atë. Gishtat e bardhë e pak të tultë, me qukëza të vogla nëpër nyje, i përfundonin me thonj të hollë, krejt ngjyrë rozë, aty-këtu me pika të bardha - shenjëza fati. Kyçin e dorës e kish një mekanizëm shumë delikat; lëkura e tejdukshme zbulonte në anën e poshtme gjithë enët e gjakut, madje të krijohej përshtypja se mund të hetoheshin dhe nervat, deri edhe lëngu sinovial që lëmonte kockat. Këtë tejpashmëri, lëkura e saj e ruante pothuajse në të gjitha pjesët e tjera të trupit - ato pjesë që mund të shiheshin normalisht dhe ato që i zbulonte nga "pakujdesia".

Një tru i parehatshëm si ai imi shkonte edhe më larg: "shikonte" deri në thellësi të rrobave, poshtë tyre, pikërisht aty ku trupi njerëzor mbulohet më shumë se gjithkund, përveç veshjes së jashtme, edhe me një palë veshje të brendshme, në fund të fundit, edhe me një veshje natyrore, leshtore, aq ndjellëse e provokuese. Në atë leshnajë të imshtë mbi kodër, humbte pafundësisht rrugën imagjinata ime, për t'u mbytur në thellësinë përvëluese.

Rrija ulur në ballkon për orë të tëra dhe dielli mbrëmësor më përbironte ndër pore, derisa shkrehesha. I tejlodhur dhe shpresëhumbur në do mund ta shihja prapë, kur errësohej krejtësisht, hyja brenda si një greminë. Shtrirë mbi shtratin e fortë, përpiqesha të hidhja ndonjë varg në fletoren e trashë të vjershave. Një gjumë i lëngësht më rridhte nëpër këmbë e më duhej të ndërrohesha dy-tri herë gjatë natës. Ky përvëlim i ëmbël, djallëzor dhe i mundimshëm njëkohësisht, më treti gjatë fillimit të verës.

Një mbrëmje, tek po kthehesha prej shëtitjes së vonë, vërejta poshtë ballkoneve dy hije. Nga lëvizja e kokës dhe leshrat e shumta, hetova se njëri ishte im vëlla, "i madhi". Po tjetri, apo tjetra? Po sikur të qe ajo? Ditët që vijuan, u përshkuan nga përpjekje të ethshme për të zbuluar të vërtetën.

Ndërkohë, vëllai dukej se nuk zhytej fort në cektësinë e shqetësimeve të mia. Ai e dinte që unë vuaja, por sillej sikur të mos kishte ndodhur asgjë. Më lutej shpesh të dilja e të shëtisja atyre ditëve të bukura vere (që ai ta kishte shtëpinë bosh!). "Na, leshtë, në shtëpi do të rri!", betohesha me vete. Ndërkohë, vëllai tjetër, që mësonte në dhomën e tij, nuk e pengonte; sikur të mos ishte fare. Unë isha problemi dhe do vazhdoja të isha.

Gjithçka u përmbys një mëngjes, kur vëllai i madh më thirri në hapësirën e tij të dhomës, në atë që quhej mbretëria e gangsterëve, e garipave - bota e të rriturve!

- Kam një mision për ty! - më tha me një ton teatral.

- Gjithmonë gati! - thashë unë, duke ngritur grushtin te balli.

Ai qeshi e ma hodhi dorën në qafë miqësisht. Ishte hera e parë që po krijonim një marrëdhënie të tillë.

- Dëgjo, - më tha, - e di që ti nuk më do, por mes të rriturve ka rregulla, ka marrëveshje, ka fjalë burrash. Tani ke mundësi të dëshmosh se je pjekur, je bërë i denjë për të hyrë në shoqërinë e të rriturve!

O Zot, çfarë nuk do jepja të hyja në atë botë, të shkoja me të atje ku ai shkonte me shokët, të dëgjoja bisedat e tyre, të isha njëri prej tyre, të më ndodhnin edhe mua ato që u ndodhnin atyre. Le të paguhej kjo edhe me çmimin e zënkave me babanë, e flakareshave dhe zemërimit të tij të papërmbajtur. Mirëpo, e gjitha kjo dukej e largët, e pamundshme, sepse vëllai im nuk synonte të më përfshinte në botën e tij; sigurisht që fshihte diçka djallëzore në atë propozim.

- Misioni yt i parë është dorëzimi i kësaj letre në duar të sigurta!

Kjo u ngjante dialogjeve të filmave me partizanë dhe gjermanë.

- Si urdhëron, shoku komandant: tregomë ku janë ato duar të sigurta...!

- Një kat më poshtë, në duart e Linës.

Në fillim më erdhi për të qeshur. E ndala veten në sekondën e fundit. Fill pas kësaj mezi e ndala të qarën. Pastaj desha t'ia përplasja në fytyrë, të grindesha me të, t'i tregoja se sa i pabesë dhe i lig ishte treguar, që s'kish mundur të shkonte pak më larg për të gjetur një shoqe, një mike, veç të ngatërrohej me të vetmen vajzë që ishte në fushën time të gjuetisë, disa dhjetëra metra rreth e rrotull shtëpisë. Nuk thashë asgjë. Shtrëngova dhëmbët, tregova seriozitet, vetëpërmbajtje.

Do vinte dita kur ai do t'i paguante të gjitha! E mora letrën e palosur me kujdes, mbështjellë me plastmas dhe lidhur me llastik. Ky paketim ishte bërë me qëllim që unë të mos e hapja. Disa kohë më parë, im vëlla më kishte treguar një letër dashurie që e ruante me kujdes në fund të një kutie. Më kujtohej emri i vajzës, madje e njihja edhe për fytyrë, njëfarë zeshkane, që banonte në fshatin ngjitur me qytetin tonë.

E pyeta se kur duhej ta dërgoja atë letër "në duart e sigurta" dhe më tha se do më lajmëronte shpejt. Si shpërblim për nderin që po i bëja, i kërkova të ma lexonte edhe njëherë letrën e katundares zeshkane. Ai më nxori nga dhoma, që të mos e shihja vendin ku e kishte fshehur, e më thirri prapë pas pak minutash. Nuk ma dha në dorë, por e lexoi vetë me një zë teatral të pjerdhur.

"*I dashur B.*

Sot, kur të pashë, m'u duk sikur dielli i pranverës shkëlqente edhe më shumë, m'u duk sikur lulet lëshonin aroma edhe më të këndshme, m'u duk sikur...".

Kështu vazhdonte letra pasionante me fjali bujqësore, që lidheshin me barin, pemët, lulet dhe dashurinë që po hapte sythe në zemrën e vajzës së fshatit.

Im vëlla bënte sikur tallej me atë letër, edhe pse e ruante me kujdes dhe e lexonte herë pas here. Në fund, mbyllej me këtë strofë:

"*Sa ka deti ujë dhe vala,*
sa ka pisha fllad dhe hala,
yje qielli sa numëron,
zemra ime ty të don".

Kjo ishte poezia e vetme që vëllai kishte mësuar

përmendësh në jetën e tij. Poezi që, i detyruar ta dëgjoja shpesh, e mësova edhe unë. Bash aty m'u duk se ishte gracka, ku ai do binte si laraskë.

Të nesërmen, në një çast të qetë, aty rreth orës dhjetë të mëngjesit, më besoi dërgimin e letrës së mbështjellë me plastmas dhe llastik. Zbrita në katin e poshtëm e kërcita në derë, i bindur (sipas informacioneve të sigurta të tim vëlla, që kish vëzhguar gjithë mëngjesin hyrje-daljet në pallat) se fqinja ishte vetëm me motrën e vogël në shtëpi. Dera u hap e përpara meje u shfaq ajo, që deri atëherë nuk kisha guxuar kurrë ta shihja drejt e në sy. Me një lirshmëri të magjishme, më përshëndeti, ma shtrëngoi dorën dhe më tërhoqi brenda korridorit gjysmë të errët. Aty ia dhashë letrën e vëllait dhe, bashkë me të, një tjetër, ku kisha shkruar poezinë e katundares. Ajo i futi shpejt në xhep, më tërhoqi drejt vetes e më puthi në faqe. Instinktivisht u përpoqa t'i shkëputesha nga duart, por befas ndjeva buzët e saj, gabimisht, në qosh të të miave. Pastaj më pa në dritë të syve. Gjunjët m'u drodhën dhe zemra po ngutej të më dilte nga kraharori. Goja m'u tha deri në stomak. Dola nga apartamenti i saj, pa guxuar të ngjitesha sipër, ku duhej të më priste me ankth vëllai. Mora rrugën drejt pishnajës që përbënte kurorën e kodrinës, sipër pallateve të lagjes ku jetonim.

Në mbrëmje, përpara se të mund t'i shpjegoja tim vëllai se si kishte vajtur dorëzimi i letrës, babai na tha se të nesërmen do niseshim për në fshat, ku do rrinim deri në fund të gushtit. Fillimisht desha ta kundërshtoja atë vendim të padrejtë, por shpejt e kuptova se qe e kotë. U tërhoqa në dhomën time, me ballkonin mbi atë të fqinjës përvëluese, dhe nisa të qaja. Sigurisht me kokë të fshehur poshtë nënkresës dhe me veshët pipëz për të dëgjuar se mos dera e ballkonit të saj hapej. Dikur, im vëlla hyri në dhomë, m'u afrua dhe më falënderoi për misionin që kisha kryer, pa më pyetur se pse nuk isha kthyer drejt e në shtëpi.

- Mos qaj, - më tha, - nuk bëhet nami, do kalojmë ditë të bukura edhe në fshat!

Të nesërmen u nisëm të dy bashkë. Gjatë rrugës u ndalëm te lumi dhe u lamë një copë herë të mirë në ujërat e kristalta. Vetëm aty më dukej sikur përvëlima e brendshme më fashitej pak. Ato ujëra të tejpashme, të kaltra e të gjelbra, me shkumën e bardhë, që shuhej e formohej brigjeve shkëmbore, e tresnin, e shkimnin shkrumnajën time të brendshme. Dikur, vëllai më tha të vishesha dhe ta ndiqja pas.

Miqësia me të, siç merret me mend, ishte fort e zbehtë. Rrallë ndonjëherë, kur e gënjente babanë dhe i duhej mbështetja ime, ai bëhej i butë dhe i sjellshëm me mua. Në këso rastesh, kisha përfituar shpesh. Një herë i pata kërkuar t'i shihja bllokun me fotografi femrash lakuriq, që ai e kishte sajuar duke vjedhur revista të huaja mjekësore në bibliotekën e qytetit, prej rafteve të së cilës kurrë nuk e kish lexuar një libër. Jo, ai dhe libri nuk kishin asgjë të përbashkët. Një herë tjetër i kërkova si shpërblim t'i shihja valixhen me sendet e vyera. Gjithfarë llastiqesh, dorezash boksi, madje edhe një thikë me dorezë pleksiglasi shumëngjyrësh. Në njërën anë të dorezës, poshtë një shtrese plastike të tejdukshme, kishte vënë fotografinë e një vajze, për të cilën më tha se e kishte "dashnore" dhe më premtoi që do ma prezantonte një ditë. (Vajza e katundit, që i kishte shkruar letër, edhe po të dilte në fotografi me ngjyra, dilte prapë se prapë bardhë e zi!). E dija se qe rrenë. Vajza e thikës qe fotografi me ngjyra nga ato të revistave mjekësore, ku u bëhej reklamë shampove apo barnave kundër kancerit të gjirit. Në Shqipëri, në atë kohë, asnjë vajzë, të paktën në qytetin tonë, nuk kishte fotografi me ngjyra, le më ajo e fshatit. Po edhe sikur të kishte, si do mund t'ia jepte vëllait, që ky ta balsamoste në dorezën e thikës së tij ilegale?!

Ecëm një copë herë pa folur. Uji i mbathjeve të lagura na doli sipër pantallonave, kështu që herë-herë ndërronim rrugë, për t'iu shmangur kalimtarëve të rastit. Në njërën prej këtyre dredhave të vogla, në një lëndinë të rrethuar nga një bungajë e rrallë dhe dëllinja, befas na zunë sytë dy trupa lakuriqë. Vëllai ma vuri dorën në gojë dhe më ndali në vend. Çifti qe shtrirë mbi bar dhe po shtërzonte. Ne shihnim veç bythët e tyre cullak, që afroheshin e largoheshin ritmikisht. Qe ditë e nxehtë vere dhe djersët mbi trupa u shkëlqenin si skurrjela të arta. Tek shihja me frymë të ndalur, shtrirë përtokë rrëzë një dëllinje, mendja më fluturoi menjëherë te fqinja ime.

Fillimisht përfytyrova se si kishte reaguar ajo ndaj letrës së tim vëllai, pastaj ndaj poezisë së katundares dhe dy rreshtave që kisha shkruar unë, në letrën shtesë që i dhashë. I pafuqishëm të sillja para sysh fytyrën e saj, shpejt kalova në imazhe më të lehta, më të afërta për mua. M'u duk se vendin e çiftit të huaj në lëndinë e zumë unë dhe ajo. Në vend të bythëve të tyre, përfytyrova të miat, të sajat. Nuk kaluan as tri-katër minuta dhe frymëmarrja m'u shpeshtua, një prushurimë përvëluese më hipi në fytyrë dhe...!

- A u prishe, a? - më tha vëllai, që rrinte si hajdut pas një kaçubeje.

Nuk fola, veç ofshana thellë. Do kisha dhënë gjithë botën që ai të mos qe aty me mua.

Pas pak u tërhoqëm zvarrë nëpër barishten e zhuritur, derisa u larguam aq sa për të mos rënë më në sy. U ngritëm dhe morëm rishtas rrugën për në fshat. U ndalëm në kodër, ku frynte një puhizë e lehtë. Vëllai nuk la tallje pa përdorur, më tha "karuc", më tha: "Luci yt nxjerr veç shurrë, shurrë të nxehtë e ty të rre mendja se është tjetërsend". Më tha se s'kisha pikë guximi, se edhe po të doja dikë, nuk do isha i zoti t'ia thosha. Nuk do kishte ndalur së më talluri sikur mos t'i thosha se do t'i tregoja babës për thikën dhe dorezat e boksit, për fotografitë e kurvave të revistave, do ta spiunoja që dy net më parë s'kish qenë në shtëpi deri në orën nëntë të darkës, por rrugëve me rrugaçët e tij, me Muhamet karaxhën dhe Agron hajnin, e në fund do t'i thosha edhe për letrën e palosur, mbështjellë me plastmas dhe lidhur me llastik, që ai më kishte "detyruar" t'ia jepja fqinjës në katin e poshtëm. Ai ma futi një shuplakë pas kresë, por jo aq të rëndë sa të më bënte të qaja. Pastaj mori një ton pajtues dhe më pyeti nëse më kishte pëlqyer "filmi" që sapo kishim parë. Desha t'i kallëzoja në fakt se si më ishte dukur ai film, madje një nxitje e brendshme po më shtynte t'i tregoja edhe për "tradhtinë" që i kisha bërë, por heshta.

Nuk i fola, as ai nuk foli një copë herë, kur befas në qosh të udhës ia dha çifti që sapo kishim parë lakuriq në lëndinë. Një malësore e bukur me shami dhe një burrë me mustaqe të zeza. Burri mbante një xhaketë të zezë në qosh të krahut, ndërsa gruaja një çantë të qëndisur e të fryrë. Ai përpara, ajo dy-tri hapa mbrapa, iu ngjitën kodrës, kaluan pranë nesh, u përshëndetëm dhe vazhduam udhën. Ktheva sytë pas dhe ia ngula gruas: fustan të gjerë me lule të kafenjta, çorape të bardha deri në gju, një palë këpucë me taka gjysmë të rrafshëta, ecte si shotë pas të shoqit. Sytë e mi nuk shihnin fustanin, por bythët e saj të lakuriqta e borë të bardha, ato që kisha parë para disa minutash.

Më erdhi keq për të.

M'u duk se ajo nuk kishte dashur, por qe ai mustaqeziu që e kishte detyruar ta braktiste rrugën e të hynte në pyll, të zhvishej e t'i nënshtrohej vullnetit të tij. Pata përshtypjen se edhe vëllai po mendonte të njëjtën gjë.

- Çudi, - tha ai pas pak, - nuk e kisha besuar kurrë që edhe kooperativistëve tanë të dalluar u del koha për t'u qirë arave e livadheve!

Më erdhi për të qeshur.

Rreth mesditës arritëm në shtëpinë e gjyshit. Ai u gëzua për mua, por, me thënë të drejtën, nuk e fshehu ftohtësinë ndaj vëllait. Shkak i ftohjes mes tyre kishte qenë vizita jonë e fundit në fshat dhe unë e dija arsyen. Gjyshi dhe gjyshja jetonin në fshat vetëm me njërin prej xhaxhallarëve tanë të shumtë. Ky qe njeri i ngushtë; kishte frikë se do vdiste urie. Fshati qe i varfër, tmerrësisht i varfër. Ata kujdeseshin për kopshtin, oborrin, disa rrënjë kumbullash e disa hardhi, prej të cilave bënin raki, reçel, oshaf. Kishin edhe dhjetë-dymbëdhjetë pula.

Edhe herën e fundit kishim qenë së bashku në fshat. Vëllai zgjohej herët, merrte llastiqet dhe fshihej nëpër bar. Prej aty i gjuante pulat me gurë. Njërës ia theu këmbën dhe të nesërmen gjyshi u detyrua t'ia këputste kokën. Gjyshja nëmte nuk e di se cilin fëmijë të fqinjëve, që në fakt ishin kushërinjtë tanë të largët. Sipas saj, ai ia kishte thyer këmbën pulës. Në të vërtetë, atë krim e kish bërë vëllai im. E mora vesh rastësisht, kur ai po bisedonte me vëllain tjetër, fshehur mes barit të thatë të ish-stallës. Lopët, në atë kohë, i kishte marrë kooperativa. Fshatarët nuk dinin t'i mbanin. Partia dhe kooperativa dinin.

Thyerja e këmbës së pulës nuk qe bërë thjesht për kënaqësi shenje, jo, por për ta detyruar xhaxhain tonë kurnac që ta therte. Kjo sigurisht që do kishte kaluar pa u vënë re, sikur gjatë shtatë ditëve të qëndrimit tonë në fshat të mos thyenin këmbën katër pula. Komploti doli në shesh. Tim vëllai nuk i skuqej fytyra. Të vetmit njeri që i trembej, qe im atë. Ai ish larg. Një krim që dënohet vonë ose për të cilin dënimi mund të vihej seriozisht në pikëpyetje, është një krim i lehtë për t'u kryer. Pulat e gjyshit do qenë shfarosur krejt sikur të mos largoheshim nga fshati.

Gjyshi më mori pranë vetes. Më tha se qeshë rritur shumë. Vëllai bëri një shenjë me gisht, si për të treguar se veç "ai sendi më kishte mbetur luc se luc". I nxora gjuhën. Unë fjeta, si zakonisht, në dhomën e gjyshërve, ndërsa ai në një minder në dhomën e madhe të burrave. Të nesërmen u nis të takonte disa shokë të moshës së tij nëpër fshat dhe u kthye vonë në mbrëmje. Unë me gjyshin dhe gjyshen dëlirëm kopshtin nga gurët dhe krëndet. Pasdite paluam drutë, që xhaxhai i kishte këputur e bërë gati për dimrin e ardhshëm. Ditën tjetër pastruam kanalin që lidhte një pus të largët me kopshtin, ndërsa më vonë u shullamë në diell, duke pirë hirrë e cik kosi. Për çdo ditë, xhaxhai kurnac na caktoi detyra, një prej të cilave ishte të ngarkonim rrasa guri te gumuraja për t'i shtruar në oborr, që e bëmë shpejt, pasi rrasat qenë të gjera, ndërsa rrugëza e ngushtë. Për këtë, ai na shpërbleu me nga një shtalbak të pjekur. Pastaj dolëm me fëmijët e Miftarëve e luajtëm deri vonë në Kodër të Pleshtave.

Emërtimet e shumë vendeve në katund më habisnin: Kroni i Vajzave, Kroni i Kacës, Prroni i Shtrigave, Gllia e Dervishit, Ara e Rushës, Roga e Ademit, Kroni i Kuq, Kllaçkat, Pusi i Strakave, Shpia e Fazisë, Torishta e Kuajve etj. E pyesja herë gjyshin e herë gjyshen që të më kallëzonin pse thirreshin ashtu. Të dy më jepnin shpjegime që nuk përputheshin. Xhaxhai kurnac më thoshte: "S'të duhet gjë ajo punë!", thua se edhe fjalët i dhimbseshin, i kursente si të ishin sende të vlefshme. Kështu kaluan ditët e para. Pastaj erdhi java e dytë. Java e dytë që nuk e kisha parë fqinjën e katit të mëposhtëm. Thashë me vete se do mund ta harroja duke punuar, duke bërë pyetje për sende e për emra, për histori të vjetra e për gjithçka që fshati e ka ndryshe nga qyteti, por, kur të gjitha përgjigjet e shkurtra, të varfra e përtace morën fund, imagjinata m'u rikthye në qytet, nëpër rrethinat e tij, te shkolla, shokët dhe shoqet, te shtëpia, për të zbritur natyrshëm, për shkak të gravitacionit normal, drejt e në katin e mëposhtëm, aty ku banonte qendra tërheqëse e botës, bërthama e saj e zjarrtë, fqinja ime e bukur.

Shtrihesha në bar në kokërr të shpinës, mbyllja sytë dhe imagjinoja sikur shëtisja me të livadheve, kodrave dhe përrenjve të fshatit, sikur uleshim nën hijet e bungjeve e të dëllinjave, sikur laheshim e freskoheshim krojeve, sikur ajo ma hidhte krahun supeve, sikur unë ia rrethoja belin me duar, e prekja me gishta, e tërhiqja butësisht drejt tokës, e shtrija përfundi, e puthja gjithkund nëpër fytyrë, pastaj në qafë, por edhe më poshtë, në gjoks, në...! Hapja sytë, këqyrja qiellin, ndonjë re që turrej vrap e tretej, ndiqja fluturimin e insekteve, të zogjve, ëndërroja të isha shpend, dallëndyshe, sokol mali, zog që fluturon e ndalet në telat e ballkonit të saj, zog që këndon e flet, me pendla të arta, zog që ndërron formë dhe shndërrohet në njeri, shndërrohet në mua. Shihja me sytë e mendjes se si reagonte ajo, se si befasohej e mrekullohej, se si donte edhe ajo të shndërrohej në zog të lirë që fluturon e të dy merrnim rrugëzën e kaltër drejt pyllit mbi shtëpitë tona, drejt pyllit të freskët e të magjishëm të gështenjave, drejt Kronit të Tringëllimës, që bashkë me ujin e kristaltë rrjedh edhe tinguj muzike.

- Hej, koqe, eja se të thërret mixha!

Kështu m'i këpuste shpesh ëndërrimet - një arsye më shumë për të mos e dashur vëllain tim të madh.

Xhaxhai na dha lajmin e madh se do niseshim atë pasdite për në qytet. Ai do vinte bashkë me ne. Ky nuk qe lajm i mirë. Me të, rruga do ishte shumë më e shkurtër, pa asnjë aventurë, pa guxuar as të laheshim në ujërat e freskëta e të kthjellëta të lumit. Do kisha duruar më lehtë të gjitha talljet e vëllait, krahasuar me thirrjet e shpeshta të xhaxhait: "Hajde, luani këmbët, na zuri nata, më duhet të kthehem sonte prapë në fshat" etj. Qe data 28 gusht.

Për pak ditë fillonim shkollën. Faqet më qenë skuqur, pak prej diellit, pak prej ajrit të pastër të fshatit e pak prej ushqimit më të mirë. "Faqekuqi i dadës oo!", këndonte vëllai. Unë i largohesha, jo veç që të mos dëgjoja talljet e tij të trasha, por edhe që të kisha mundësi të përfytyroja atë që do më priste mbrëmjen ose të nesërmen e asaj dite. Besoja se Lina kishte ëndërruar për mua po aq sa unë për të, kishte bërë plane e thurur ëndrra. Sa bukur do ishte kur të takoheshim e t'i tregonim njëri-tjetrit gjithë ato që kishim përjetuar. Përfytyroja se si ajo ishte duke më pritur në ballkon, se si do më jepte shenjat e padurimit për të më parë, se si do llastohej e bukurohej, do gjente një mijë e një mënyra për të sajuar një takim të fshehtë.

Në qytet hymë buzë mbrëmjes. Morëm rrugën anësore, që i shmanget bulevardit kryesor dhe të vetëm të qytetit, dhe dolëm drejt e te pallatet e skajuara afër spitalit, aty ku banonim. Në apartamentin tonë kishte dritë, ndërsa në atë poshtë nesh jo. Mendova se ajo e kishte shkimur dritën për të na shquar më mirë në gjysmëterrin vjollcë, që po përfshinte lagjen. U afruam edhe më shumë. U përpoqa të dalloja ndonjë lëvizje perdeje, ndonjë shenjë jete në dhomën e saj, por asgjë. Morëm shkallët. Besova se do ta shihja diku nëpër korridore. Pashë vetëm motrën e saj, që m'u duk shumë e afërt, e dashur, por mospërfillëse, si çdo fëmijë i moshës së saj ndaj të rriturve. Kaluam para derës së apartamentit të saj. Heshtje. Asgjë. U ngjitëm lart, ku na pritën me zhurmë dhe mirëseardhje nëna, babai, dy vëllezërit, nja dy xhaxhallarë, një teze dhe një numër bukur i madh kushërinjsh e kushërirash të të gjitha moshave.

Në shtëpi ishte një farë hareje e pazakontë. Nëna ndjehej e gëzuar, pothuajse e lumtur. Ajo më mori në krahë, më shtrëngoi fort, më puthi në faqe dhe nuk po më lëshonte. Më pëlqeu të rrija në atë përqafim, aq më tepër që këmisha e saj kishte një erë të lehtë molle. Nëna nuk përdorte parfume, por i paloste këmishët dhe rrobat e saj në një arkë, ku mbante edhe mollë të vogla me erë të mrekullueshme. Shpejt e mora vesh arsyen e atij gëzimi: pas dy ditësh do nisesha për në Tiranë, ku do studioja në një shkollë të mesme profesionale, që nxirrte teknikë për punishtet e konservave ushqimore dhe pijeve.

Nisja ime për Tiranë u bë me zhurmë. Gjithë lagjja e mori vesh. Më blenë tesha të reja, vëllai që merrej me kimi, poezi, politikë, matematikë, e nuk e di se çka tjetër, më tha se kisha një shans të madh që po largohesha nga ajo "birë dreqi". "Në Tiranë", më tha, "do kesh shans të shohësh një botë më të madhe, më të bukur, më të larë, një botë ndryshe. Më prit sa të mbaroj gjimnazin e do jemi bashkë në Tiranë!". E pashë vëllain e mësimeve në dritë të syrit. "Eja shpejt," i thashë, "do mërzitem atje vetëm, pa ty". Ai më përqafoi. Vëllai im i ditur, që kurrë nuk qe përzier në historitë tona, nuk kishte luajtur dhe nuk qe zemëruar me ne. Ai rrinte anash, nuk pyeste për shqetësimet tona të vogla. Kishte miq të mëdhenj, artistë, piktorë, aktorë, gazetarë. Pak kush në qytet e dinte se ai ishte vëllai ynë. Edhe nga pamja na ngjasonte më pak. Qe i zbehtë e i gjatë. Vishej ndryshe, sillej ndryshe. Qe tjetër njeri. Prania e tij atë natë në dhomën time, kur po palosja të brendshmet në valixhen e drunjtë, më dha siguri.

Sipas të gjitha parashikimeve, ai do vinte në Tiranë, në universitet, një vit më vonë. Çfarë do bëja unë atë vit larg tij, familjes? Si do t'ia bëja me të dashurën time (të dashurën time?!), fqinjën e katit të poshtëm? As letra nuk do mund t'i shkruaja. Postier qe Fatmiri i Arifit, një i njohuri ynë, ndaj s'mund t'i shkruaja pa e marrë vesh e gjithë lagjja.

Dola në ballkon. Pashë kodrinat e zhytura në terr, fushën që jepte frymë në rrëzë të maleve të larta. Ato pamje e ndjesi, ato aroma e zukitje insektesh e zogjsh të asaj mbrëmjeje fundgushti, do t'i ruaja shumë gjatë në kujtesën time. Qenë të fundit që po merrja me vete nga fëmijëria dhe vendlindja.

Pas katër muajsh shkollimi në Tiranë, studentët e universitetit organizuan greva, demonstrata. Shteti u paralizua, ra. Unë, bashkë me dy miq, kur ishim vetëm pesëmbëdhjetë vjeç, ia therëm për në Evropë...!

* * *

Mbrëmjen e 30 gushtit të vitit 1999, po rrija i vetmuar në një nga birraritë e panumërta të Molenbekut, një lagje fort e rrëmujshme e Brukselit. Po pija një birrë të kuqe, me aromë qershie, kur në derë ia dhanë dy vajza të veshura si "për punë". Dy nga ato qindra e mijëra gra e vajza të Lindjes, që mbushin trotuaret e Evropës. Njëra qe e bukur, e gjatë, me sy blu të thellë. Befas ajo qeshi dhe me një lëvizje të dorës largoi flokët e rënda e të kuqe. O Zot i madh...! Po unë... e njihja atë vajzë! Zemra i shpeshtoi rrahjet, po buçiste, gjunjët filluan të më dridheshin, qoshi i buzëve po më përvëlonte. Goja m'u tha deri në stomak. Ndeza një cigare. Ajo verë e largët, ajo verë përvëluese e para nëntë vjetëve m'u dogj brenda pak sekondave në kujtesë.

I bëra shenjë pronarit t'u dërgonte nga një pije.
- Non, merci monsieur! Nous attendons quelqu'un...! Mercie quand même! - më tha ajo në frëngjisht.
- Merr diçka Lina, se kemi vite pa u parë...!
Ajo hapi sytë e bukur blu e më vështroi me një ndjesi malli, habie dhe hutimi. Unë shtova:
Sa ka deti ujë dhe vala
Sa ka pisha fllad e hala...
Pastaj vazhdoi ajo:
Yje qielli sa numëron
Zemra ime ty të don!
Qeshëm të dy me gjithë zemër, duke na u dridhur buza, pastaj qamë me loçkë të shpirtit e u përqafuam sa mundëm. Nata qe e shkurtër, edhe dita qe e shkurtër, pastaj... ajo më foli rreth letrës mbështjellë me plastmas dhe llastik.
- E kam lexuar mijëra herë letrën tënde! Më kujtohet edhe sot pas kaq vitesh:
"E dashur Lina.

Sot kur të pashë, m'u duk sikur dielli i pranverës shkëlqente më shumë, m'u duk sikur lulet lëshonin aroma më të këndshme, m'u duk sikur...".

Pra, vëllai ia kishte shkruar letrën për mua. Fytyra e tij tallëse, por e ëmbël, më pushtoi imagjinatën. Po të ishte aty ato çaste, sigurisht që do më thoshte: "Luc ke qenë, luc ke mbetur!". Pas pak ditësh do mbushja njëzetë e pesë vjeç. Ndoshta do ndryshoja status...

* * *

Pasi mbaroi së lexuari tregimin e parë, Luiza u ngrit dhe bëri disa hapa. Personalisht nuk kisha shumë ndjesi për atë tekst. E kisha shkruar dhe e kisha hequr në çastin e fundit nga të gjitha përmbledhjet e mia me tregime. Isha i pasigurt. Mendoja se ende nuk qe gati për lexuesit; ajo pasiguri torturuese para çdo botimi.

- I sinqertë, - tha ajo më në fund. - Arrin të përcjellë çaste të platinta nga përvëlimi i adoleshencës. Ka diçka nga O'Henry te befasia e mbylljes. Por ndjehet nxitimi yt. Si lexuese do kisha dashur të ndiqja përvëlimin tënd edhe pas ikjes nga ajo "vrimë e dreqit". Një autobus dhe një ikje fizike nuk të shpëtojnë lehtë nga një djegie e tillë.

- Unë i besoj shumë inteligjencës së lexuesit. Askush nuk e detyron dikë të lexojë një libër me tregime. Leximi është një akt i vullnetshëm dhe inteligjent. Një lexues i tillë nuk ka nevojë të merret përdore. Përvoja e tij jetësore, estetike, përfytyrimi, ia lejojnë të ndërtojë një histori të vetën, nisur nga pak elemente të tekstit letrar. Umberto Eko ka një sprovë mbi këtë subjekt.

Po flisja kot. Luiza u ngrit dhe ndezi llambën e ballkonit, që ndriçonte edhe kopshtin ku qemë ulur. Rreth saj u mblodhën shpejt e shpejt një tufë fluturash dhe insektesh. Drita ia prishi gjumin edhe papagallit, por ai e refuzoi. Rrasi mes puplave kokën shumëngjyrëshe dhe fjeti prapë, ndërsa Luiza u zhyt sërish në lexim. Pashë orën.

M'u duk aq e kotë parada ime teorike. Thua se isha aty t'i jepja kurse elementare literature një gruaje, tashmë të diplomuar për letërsi. E mbylla sqepin e do kisha dashur të bëja si papagalli: ta fshihja kryet nën pupla.

Teksti që po lexonte tashmë Luiza, kishte titullin e përkohshëm: "Tri skica".

1. Virgjëresha

Kur ajo shfaqej nëpër rrugë, qytetit i ngelte pështyma në fyt. Nuk bëhej shaka me të. Piktori Bojë Gri nuk kishte guxuar ta pikturonte, megjithëse, siç mburrej, ajo i kishte pozuar dy orë të tëra. Pas asaj dite, ai i ishte kthyer një realiteti tjetër, gjysmëmistik e gjysmëhaluçinativ, duke sjellë në beze pamje ëndrrash përzier me skena legjendash.

Pikturonte lëndina të buta që bënin dashuri me

rrufe idhnake, koka perëndish të gdhendura në shkëmbinj, që dilnin jashtë përmasave të kanavacës, perëndi që thithnin në gjinjtë e dhive të egra, hone të thellë gjysmë të errët, në fund të të cilëve rridhnin përrenj të kristaltë si lotët e drerëve dhe kaprojve të trishtuar. Kishte ikur nga mendja piktori Bojë Gri. Por jo vetëm ai. Numri i rrëshqitjeve mendore rritej; të sëmurët paraqisnin sindromën e paparashikuar të masturbimit dhe të kënaqësisë kolektive. Krijoheshin radhë të gjata pranë ndërtesës së vjetër dykatëshe të spitalit dhe personeli mjekësor punonte jashtë mundësive normale. Era e rëndë e djersës dhe e spermës shmangu shtegtimin e zakonshëm të do farë zogjve, që e kishin zakon të veronin në qytetin tonë. Të gjithë, filloristë, tetëvjeçaristë, gjimnazistë dhe deri edhe pensionistët rrokën penat e kërryen vjersha, duke ëndërruar një konkurs para ose në prani të saj.

Të ashtuquajturat bukuroshe të qytetit e hoqën të kuqtë e buzëve, zhveshën rrobat e hijshme dhe shëtitën rrugëve si vejushat që i rrisin fëmijët me një mijë halle. Gariphania, ata kokoroshët me flokë pak të gjata e ndonjë rrip të zbukuruar me copa llamarinash vezulluese, me orë elektronike dhe me xhepa të shumtë në pantallona, iu kthyen veshjes së zakonshme me kostume doku kinez, duke i qethur flokët sipas modës së fundit, modë që qe shfaqur në qytet vetëm pak vite pas Luftës së fundit Botërore. Poeti më i famshëm i qytetit braktisi penën dhe filloi të shoqërohej me njerëzit më me peshë të administratës, me ata, të cilët i shante çdo ditë pas krahësh.

Kryepolici pinte kafe i qetë dhe shkoklohej së qeshuri kur shihte "lëndën e tij të parë" aq të përpunuar, të kujdesshme dhe të mirësjellshme. Shtetërorët e tjerë, ata që kishin shkuar në bazë, shfaqeshin rrallë në qytet.

I vetëm, mes për mes qytetit, shëtitores së tij të vetme, endej regjisori sybukur duke kundruar këtë pantomimë gjigande. Atij i dukej sikur ishte duke filmuar me objektivat e dhjetëra kamerave, nën prozhektorin zhuritës të diellit dhe etjes profesionale. Njerëzit e dinin se ai ishte i sëmurë; kishte një njollë të madhe, që iu shfaq fill pas vdekjes së babait në mënyrë krejt të palavdishme, në anën e të mundurve të luftës së fundit. Siç dinin edhe që ai kishte një kozmos të kaltër në sy dhe një pafundësi imagjinate në tru.

Sa herë që ajo shfaqej, ai bukurohej; sa herë ajo nuk dilte, ai mpakej, humbte. Njerëzit i vërenin ndryshimet e tij dhe frikësoheshin.

- Në tërë qenien e tij rrëzëllen një dritë e fshehtë me burime të dyshimta! - thoshte Kryepolici.

- Me nuanca të pakapshme, një tretje e magjishme ngjyrash, e pambërritshme prej asnjë piktori! - shtonte Bojë Grija.

- Ai ka një energji, që s'e prodhojnë as motorët bërthamorë, ka diçka nga dielli, ndoshta nga ndonjë yll i panjohur! - ndërhynte dikush tjetër.

- Regjisori ka rënë në dashuri me Atë, - e vuloste kamerierja shalëtrashë, e cila kishte shërbyer si mësonjëtore e një të tretës së qytetit.

Fill pas këtij rrëmeti, qyteti fillonte ta rimerrte vetveten. Ngadalë harronte çfarë i pati ndodhur dhe rrëshqiste rishtas nëpër lëngun e zi, viskoz, të asfaltit të jetës. Të çmendurit i linin spitalet, duke shtrënguar në dorë shishet e vogla të haloperidolit. Vinin shirat dhe lanin gjithçka; zogjtë mund të shtegtonin po t'ua kishte ënda, gariphania lëshonte flokët dhe vishte uniformën e vjetër, bukuroshet lyheshin e ngjyheshin, visheshin e zhvisheshin si t'ua kishte zogu i qejfit. Poeti më i famshëm i përvishej punës për të shkruar librin e ri dhe për t'i sharë ata me të cilët kishte ndenjur më parë, piktori Bojë Gri merrej me skenografinë e shfaqjes së re të estradës, duke vizatuar yje, tarraca e vegla primitive pune, si të qe në fillore, pensionistët i çonin nipat e mbesat nëpër çerdhe e kopshte, pastaj rreshtoheshin nëpër radhët e gjata duke pirë cigare "Partizan" e duke vjellë gëlbazë, helm e sharje mbi armiqtë e shumtë. Kryepolici përvilte mëngët dhe i kthehej zejes së vjetër, dajakut, dhe vinte në vend ligjin, paqen dhe rregullin në qytet. Edhe të vdekurit rehatoheshin nëpër varre. Nuk i fusnin hundët më nëpër punët e të gjallëve.

Më e çuditshmja ndodhi me fëmijët! Erdhën e morën një ngjyrë të verdhë, si kallinjtë e tejpjekur. Po t'i pyesje se sa bëjnë dy edhe dy, të recitonin një vjershë, përmbajtjen e së cilës nuk e kuptonte askush. Erdhën vaksina nga kryeqyteti për t'i shpëtuar fëmijët. "Me ndihmën e Zotit," thanë plakat, "për bukuri!"

Për atë, e cila kishte shkaktuar këtë valë turbullirash në qytet, flitej rrallë dhe me shumë kujdes. Askush nuk mund ta parashikonte se kur do të shfaqej herën tjetër. Regjisori, i cili mund të dinte diçka, shoqërohej tepër rrallë me njerëz. Në ato raste, këta të fundit mundoheshin të depërtonin në sytë e tij për të marrë vesh ndonjë të fshehtë.

- Është thellë të shohësh aty, të merren mendtë! - shfajësoheshin ata që e kishin provuar.

Ajo, me sa duket, e kishte kuptuar efektin e shfaqjes së vet dhe, për të mos e lënduar qytetin, kishte vendosur të dilte tepër rrallë, madje fare, derisa gjithçka të kthjellohej, si sytë e regjisorit. Por, a mund të ndodhte një pastrim i tillë pa praninë e saj?

- Po kush është ajo? - pyeti nga kureshtja një vizitor i rastit, ardhur nga një qytet tjetër.

- Kush është ajo?
- Vërtet, kush është ajo?
- Si, kush është ajo…?
- Ajo është…!

Njerëzit rrudhën supet. Ata dinin veç një gjë: që ajo qe e bukur, jashtëzakonisht e bukur, më e bukur se Tanusha, se rrezja e diellit. Dinin se në fillim qe ajo, pastaj vinte bukuria, hijeshia. Ajo qe e para, pastaj vinin fjalët rreth saj.

— Ajo s'ka ekzistuar kurrë! - tha kamerierja shalëtrashë. - Juve thjesht jua ka ënda që ajo të ekzistojë. Regjisori dhe Piktori Bojë Gri shohin ëndrra në mes të ditës. Çfarë deshe, një gotë raki? - iu drejtua ajo vizitorit të rastit.

- Jo, një shishe! - u përgjigj ai i trishtuar.

Të tjerët kërkuan të njëjtën gjë. Nga një shishe raki. Me sy mbyllur dhe të dehur, e kishin më të lehtë të ëndërronin.

2. Uria

Më ndodhte shpesh të isha i uritur. Jo se nuk kisha oreks si luani i fabulës, por nuk kisha çfarë të haja, si shumica e bashkëmoshatarëve të mi të asaj kohe. Kjo, natyrisht, nuk është ndonjë gjë për t'u lavdëruar, por as ndonjë turp i madh nuk është. Nuk ishte faji im pse qemë të varfër.

Në fund të orës së tretë të mësimit bënim pushim. Ata që kishin bukë me vete, çmbështillnin letrat dhe fillonin të hanin në rreze të diellit. Unë nuk kisha gjë me vete, kështu që nuk kisha çfarë të përtypja. Ndonjëherë, një shoku im i klasës merrte bukë edhe për mua. Qysh kur nuk munda t'i pëshpëritja në një provim, ai nuk më dha më.

Prej disa kohësh shoqërohesha me një vajzë të klasës. Me Elonën. Ishte imcake, gjë që binte më shumë në sy kur më rrinte pranë; mua, stërmadhit. Këtë mospërputhje trupore e vunë re që në krye të herës të gjithë dhe 'gallatat' nuk do kishin reshtur sikur ne të mos ishim tipa të ftohtë. Nuk iu përgjigjëm kurrë atyre shakave, kështu që shokët u lodhën dhe na lanë në hallin tonë.

Më së shumti shoqëroheshim në pushimin e gjatë, kur ajo hante dy feta bukë me gjalpë e djathë, gjithmonë të mbështjella me një letër të bardhë.

Natyrisht që bisedat tona vërtiteshin rreth gjërave më fisnike, si punët e të mëdhenjve etj. Bie fjala, diskutonim për gjendjen e keqe ekonomike të Xhek Londonit a të ndonjë shkrimtari tjetër të madh të fundshekullit të kaluar.

- Gjithmonë kanë vuajtur gjenitë! - e përfundoja unë bisedën, duke më ardhur sinqerisht keq për fatin e tyre, po aq sa për tingujt e ziles që na ftonin të rreshtoheshim për të filluar mësimin.

Unë isha shkrimtari më i mirë i të gjitha klasave të pesta. Vjershat e mia qenë botuar me ilustrime edhe në revistat e fëmijëve, në këndin e cicërimave, që ish-shoku im, i cili u zemërua për punën e provimit, e quante "Këndi i blegërimave".

Nuk ma ndjente fare për talljet e tij. E lejoja, se nuk doja kokëçarje të vogla, që mund të më shpërqendronin nga qëllimi im final: të fitoja çmimin "Nobel". Shuma marramendëse e parave që do më jepte çmimi, do ma zgjidhte përgjithmonë problemin. Mua dhe familjes sime. Qeshë i sigurt se do mund të blija me tepri ushqime, rroba të reja, libra, madje edhe një radio. Ëndërrime të tilla më sillnin ndërmend xhepat e mi, të cilët, tepër rrallë kanë pasur rastin të strehojnë ndonjë monedhë alumini apo dhjetëlekëshe të ngjitur me leukoplast.

Në të gjitha poezitë e mia, herë në një figurë e herë në ndonjë varg, nxirrte krye uria ime e përditshme, ndaj druhesha t'ia lexoja kujt tjetër veç Elonës. Ajo i përpinte të gjitha fjalët para se t'i nxirrja nga goja dhe jo rrallë më dukej sikur i treste bashkë me bukën e bardhë, gjalpin dhe djathin, në thellësitë e stomakut. Nuk më vinte keq për këtë gjë. Më mjaftonte që nuk i tregonte askujt dhe që më dëgjonte me aq vëmendje. Tjetër gjë më thërrmonte mua. Qeshë përpjekur me gjithë shpirt që t'i interpretoja ato poezi, ta theksoja me gjithë dramacitetin e mundshëm fjalën "uri", kapërdihesha dhe imitoja, natyrisht pa ndonjë vështirësi, të uriturin dhe vëreja se Elona e kafshonte me kujdes bukën e bardhë, duke përvjelë pak buzën e sipërme, që mos t'i bëhej me gjalpë. Pastaj vëreja profilin e dhëmbëve të gdhendur në djathin e butë, përcillja pështymën dhe...!

Asaj nuk i bënin aspak përshtypje gjestet e mia. Vajzë më të pashpirt nuk më kanë zënë sytë gjithë jetën!

Ndonjëherë, Elona qëllonte të ishte pa oreks. Në këto raste, pasi e kafshonte njëherë bukën, e flakte në ferra, pa pasur as mëshirën më të vogël për mua, që e ndiqja me sy të trishtë e të uritur atë fluturim, si të ishte çmimi "Nobel" që më ikte nga duart. Megjithatë, megjithëse më habiste, edhe më kënaqte pa masë që i kushtonte aq vëmendje qoftë edhe vargjeve të mia më të dobëta, duke brohoritur: "Shkëlqyeshëm!".

Kështu kaluan muaj dhe ne po i afroheshim fundit të klasës së pestë. Një ditë po i lexoja një poezi, mbushur me vargje urie:

'Jam i uritur, dua të ha!
Dua, dua,
por bukë nuk ka.
Dua, dua..."

Ajo më ndërpreu befasisht. Më pa në dritë të syrit me një rrëzëllim rrëqethës dhe me buzën që i dridhej, më tha:

- Edhe unë të dua!

Fryma m'u ndal. Ia shtrëngova duart dhe uria m'u arratis, gjaku më vërshoi në fytyrë dhe për herë të parë në jetë e kuptova se Elona qe femër dhe jo një copë buke. Pastaj...

3. Bima, polici dhe ne...

Bënim dashuri pa e ditur se ç'bënim. Nga jashtë, rrinte e na përgjonte, pa futur gjumë në sy, bota e zhurmshme e erërave dhe fjalëve. Për ne, fjalët dhe shpifjet e saj kishin aq rëndësi sa ka gazsjellësi "Druzhba" për të vdekurit e ngrirë së ftohti. Thuhej se gazsjellësi do ngrohte gjithë botën e ngrirë Lindore. Neve nuk na mbërrinte ngrohtësia e tij, se nuk jemi as në Lindje, as në Perëndim. Ne kishim veç dashurinë tonë, dashurinë tonë për kokërr të qejfit.

Kishim gjithashtu edhe policin e lagjes. Të gjithë e kemi nga një polic të lagjes.

Ai kishte hetuar se dashuria jonë qe diçka e rrallë, nuk qe dashuri e nismave të mëdha, por një luks mikroborgjez. Megjithatë nuk i gjente dot bazë ligjore për ta klasifikuar si të rrezikshme për interesat e revolucionit. Ne bënim dashuri. Ajo më puthte me aq pasion, sa s'mund ta bënte asnjë tjetër. Punonte diku në zyrat e një komune të veriut. E vetmja prehje e saj qeshë unë. Kështu thoshte, të paktën, dhe s'kisha pse mos t'i besoja. Kishte gjetur një deodorant me të cilin hiqte erën e rëndë të mykut të zyrës, që i ngjitej gjatë javës deri në palcë.

- Për gjashtë ditë larg teje, gjaku më ndryshket! - më thoshte.

Unë isha letra smeril, që ia hiqja ndryshkun ditën e shtatë. Ajo rinohej. Shkëlqente nga pastërtia. Vonë, të dielën pasdite, nisej për t'u plakur edhe gjashtë ditë të tjera në komunën e saj në veri. Gjashtë ditë që s'përfundonin kurrë, gjashtë ditë deri të shtunën pasdite, kur merrte trenin e mplakur, të mjegulluar, për të ardhur edhe njëherë pranë meje.

Kështu kaloi bukur shumë kohë. Një ditë më tha se kishte mbetur shtatzënë. Nuk ndjeva kurrfarë habie; ajo nuk shqetësohej që unë nuk përdorja asnjë parandalues apo marifete të tjera.

- "Ato" më kanë ardhur rregullisht, megjithatë jam e sigurt se në bark kam një krijesë të gjallë. E ndjej kur lëviz dhe më jep kënaqësi. Ndjej një freski të këndshme, sikur organet e brendshme të jenë duke shëtitur nëpër pyllin me pisha. Nuk e ke idenë se çfarë kënaqësie! - m'u drejtua.

Sigurisht, unë nuk kisha se si ta dija se çfarë kënaqësie ndjejnë organet e brendshme kur shëtisin nëpër pyll! I thashë së dashurës se një foshnje qe e mirëpritur edhe prej meje, se ajo mund të shndërrohej në ideal të jetës sonë; qëllimi për ta rritur të lumtur do na e rriste vullnetin për të mos i pranuar dështimet, të paktën për të mos u pajtuar me to.

- Dështimi dhe njeriu ecin fatalisht krahas në jetë, çështja është që të mos pajtohemi me të!
- Filozofi im i ëmbël! - më tha dhe m'u hodh në qafë tepër e gëzuar.

Në sy dhe në fytyrë i kaloi një feksje me nuancë të blertë, me hijeshi engjëllore. Natën vonë, të përpirë nga flakët e zjarrit që dinin ta ndiznin veç zemrat tona, ajo shqiptoi diçka të habitshme, të rrallë, të padëgjuar ndonjëherë.

- Qysh kur jam njohur me ty, ka filluar të më ndryshojë ngjyra e syve; më janë bërë jeshil. Besoj se ngaqë kam këqyrur me përqendrim të çmendur në bebëzat e syve të tu!
- Ndoshta, - i thashë, - ndoshta!

Nuk i kushtova shumë vëmendje atij detaji, pasi m'u duk më tepër autosugjestionim i saj, por edhe për shkak se drita qe e dobët dhe nuk mund ta verifikoja një gjë të tillë. Një javë më pas vërejta se ngjyra rozë e faqeve dhe lëkurës kishte filluar t'i bëhej e blertë. Pasi u sigurova se një gjë e tillë nuk ishte pasojë e ndonjë sëmundjeje, bëra shaka duke i thënë se kishte filluar t'i ngjante një lëndine. Para se të largohej nga dhoma ime, bënte një tualet të lehtë para pasqyrës me njolla. Përdorte rimel të zi, ton të butë në rozë, një buzëkuq natyral me ngjyrë po rozë. Herën e fundit, megjithëse harxhoi një copë herë bukur të mirë përpara pasqyrës, nuk ia arriti ta maskonte ngjyrën e blertë në të kaltër që i kishte marrë fytyra.

U trembа. Pata përshtypjen se poshtë lëkurës nuk kishte enë gjaku e muskuj, por peshq që notonin nëpër pellgje të kthjellëta pylli. Pas disa kohësh, ngjyrat erdhën e u dendësuan, aq sa më dukej se kisha nëpër duar një fragment pylli, një pemë në formë njerëzore. Kjo ide m'u përforcua edhe më, kur vërejta se klithmat dhe ofshamat gati prozaike që lëshonte dikur gjatë aktit të dashurisë, u shndërruan në cicërima dhe zhurma të tjera të buta e të këndshme, që dëgjohen në pyll kur fryn ndonjë puhizë e lehtë. Mendova se ai iluzion më krijohej ngaqë prania e saj me jepte atë kënaqësi dhe prehje që ia ofron vetëm pylli me bar e lule, ujë e freski, udhëtarit të shkrumbuar nga shkretëtira gjashtëditëshe e javës.

Për tri javë nuk erdhi. Dyshova se diçka e rëndë i kishte ndodhur të dashurës sime dhe, ashtu i merakosur, u nisa për në komunën e harruar të veriut, ku ajo banonte. Sapo mbërrita në qytet, kuptova se pothuajse të gjitha bisedat vërtiteshin rreth një vajze, e cila paskësh mbetur shtatzënë. Familja e kishte zbuar nga shtëpia. Ata flisnin për të si për një të përdalë, si për një çnderim të të gjithë komunës, si për turpin e turpeve të të gjitha pjellave të komunës. Nuk e çila birën e gojës, kisha frikë se mos ulërija. Rrasa nja dy dopjo raki dëllinje në një kioskë buzë rrugës dhe me vrap vajta te spitali obstetrik-gjinekologjik. Para turinjve më përplasën një derë me hekura dhe kompensatë, si ato të depove të helmit nëpër kooperativat bujqësore.

- Ik, - më thanë, - ajo ka marrë malin!

"O Zot, duhet të ketë vrarë veten nga trishtimi!", më kaloi nëpër tru si thikë e idhtë. U nisa në drejtim të pyllit, "të malit", siç e thërrisnin me përbuzje banorët. Duke thirrur, u rrasa në thellësi. Kaq shpesh e thërrisja emrin e saj, sa që edhe po të më përgjigjej, nuk do ta dëgjoja. Dikur u ndala i thërrmuar rrëzë një peme dhe ia këputa një të qare të egër, gulçitëse, që më buronte nga shpirti i dallgëzuar, si det i çmendur me valë. Në mes të dënesave, dëgjova një zë. Jo zë njeriu. Zë drurësh, zërin e pyllit, një zë të çuditshëm, vajtues, jeshil. Ashtu në gjunjë, u vura në ndjekje të burimit të tij dhe ja, në mes të një lëndine, e dashura ime, krejt e blertë dhe gjysmë lakuriq, rënkonte.

Kur u ndodha në gjunjë pranë saj, vërejta gjënë më të papërfytyrueshme për trurin njerëzor: po lindte përmes dhimbjesh të papërshkrueshme një bimë! Po, po, një bimë me kërcell të brishtë, gati të tejdukshëm, me gjethe të vockla e të tulta, në formë zemrash të imta. Rrënjët nuk i qenë shkëputur akoma nga embrioni, ndërkohë që pesë gjethe, vendosur në një lastar, si dorë fëmije, po mundoheshin t'i ekspozoheshin sa më shumë diellit. E dashura rënkonte butë, si pemë nën shiun e imët. E ndihmova të lindte, falë disa dijeve të vjedhura nga një libër i ndaluar i gjinekologjisë. Rrënjët e bimës sonë po përpiqeshin të futeshin në barin e lagësht, ndërkohë kërcejtë e saj filluan të harliseshin nën rrezet e vakëta të diellit. E rrethuam me trupat tanë, duke e këqyrur me dashuri. Dikur, më tepër se të dashurën, pyeta gati me zë vetveten:

- Si është e mundur?!
- Më mirë, shpirt. Bimët rriten e jetojnë më të lira sesa njerëzit në këtë vend, - më tha ajo.

Pastaj fjeti në kraharorin tim. I mbylla sytë edhe unë.

Në ëndërr pashë policin e lagjes sime. Dëgjova edhe kërcëllimën e një palë hekurave që më kishin qëndruar para turinjve gjithë jetën. Pas pak, polici u shndërrua në dhi dhe deshi ta hante filizin e njomë të bimës që kishte lindur e dashura ime. Befas, edhe unë u shndërrova në një ujk të egër, me sy të përflakur dhe ia ngula dhëmbët në qafë dhisë së veshur me uniformën e policit.

Kur u zgjova, ndjeva të ftohtë. Dhëmbët po më dridheshin. Bima jonë qe drunjëzuar dhe po rritej për bukuri. Zgjova të dashurën dhe u nisëm, nuk e di në cilin drejtim. Ne kurrë nuk e kemi ditur ku është Lindja a Perëndimi. Kishim veç një pikë orientuese mbi glob: krijesën tonë, që u detyruam ta linim në mes të pyllit dhe natës. Ajo ndoshta do na bënte të ktheheshim. Qenë të vetmet rrënjë që kishim në atdhe, të tjerat i shkulëm, i morëm me vete detrave dhe rrugëve të botës.

* * *

Luiza mbaroi leximin e skicave, vendosi fletët mbi tavolinën e ulët dhe më vështroi ngultas. Fillimisht mendova se po kërkoja tepër nga ajo grua. Në fund të fundit, ajo mund të më jepte një përshtypje të përgjithshme a dy-tri fjali miqësore dhe inkurajuese. Pastaj mendova se e kisha edhe unë njëfarë rëndësie. Po, po. Ishim dy vetë në atë kopsht. Unë isha autori, vërtet i lindur në një vend të pafat, por gjithsesi ia kisha arritur të arsimohesha, të shkruaja, të mbetesha i lirë, të kisha mendimin tim, të merrja rrugët e botës e ta ruaja pikë për pikë identitetin tim fillestar kulturor dhe etnik, duke u hapur aq sa duhej ndaj kulturave pritëse nëpër vendet nga kisha kaluar.

Luiza buzëqeshi. Më pëlqeu buzëqeshja e saj. Më tregoi se ishte e padobishme ajo ngrefosje e brendshme e imja me identitet, kultura e me arritje.

- Në dy skicat e para, - filloi, - duket sikur ke qenë nën ndikimin e ndonjë substance psikotrope ose në një turbullirë mendore të shkaktuar nga sulme të forta hormonale. Një lloj gjendjeje transi. Lexuesi klasik e ka të vështirë të "fluturojë" bashkë me ty. Ndërsa skica e tretë, po të ishte botuar nga vitet '70, do kishte përbërë një manifest ekologjik të mrekullueshëm!

Pata një farë droje. M'u duk se fjalët: "manifest", "i mrekullueshëm" dhe "ekologjik", ma pushkatuan tregimin në sy. Ai s'kishte lidhje me ekologjinë. Madje, për mua, ai tekst nuk qe as tregim, por një refleksion mbi lirinë, një klithmë për reduktimin e njeriut nga mungesa e lirisë. Pata frikë se këto janë gjëra të pakuptueshme për njerëz që kanë kaluar rininë e tyre universiteteve europiane, me "drug problems and so on". Tjetër është të luftosh për të drejtën e femrave për përdorimin e kontraceptivëve dhe tjetër të kalosh nga mungesa e lirisë përmes një metamorfoze të tillë reduktuese, ku njeriu, si fryt të dashurisë së tij, preferon të ketë një bimë, me shpresë se ajo do rritet më e lirë sesa ai.

- Gregor Samsa ishte një qenie njerëzore që u shndërrua në insekt. Përveç neverisë, si kategori e pazakontë estetike në letërsi, te Kafka, metamorfoza ndodh në fillim, pjesët e tjera të romanit merren me pasojat. Ndërsa tek tregimi yt, metamorfoza ndodh në fund, si produkt i një dashurie të mbikëqyrur. Ajo vjen si shpresë, gati si triumf. Fakti që ne kemi një lidhje më të afërt me bimët, gjë që nuk është e vërtetë për insektet, e shmang edhe neverinë.

- Ti po krahason "Metamorfozën" e Kafkës me tregimin tim?

- Jo, nuk mund ta bëj këtë, do ishte hipokrizi e palejueshme. Kafka ka shkruar një roman me peshë të përbotshme. Ti nuk ke përfunduar asnjë tregim. Ky nuk është tregim, këto janë shënime të hedhura me nxitim, si subjekt apo linjë e një teksti letrar të mëvonshëm.

Shishja e verës kishte marrë fund. Papagalli ia futi një të qeshure të gjatë, tallëse, rrënuese. Luiza vuri një gotë mbi dorëshkrimin, që era të mos i merrte fletët, dhe shkoi të hapte derën. Zilja kishte disa sekonda që tringëllonte. Qe një djalosh i imët me dy pica në dorë. Luiza pagoi, solli dy pjata të mëdha dhe një shishe verë të kuqe.

Errësira kishte mbështjellë fshatin e vogël mbi kodrinë. Poshtë në luginë qenë ndezur mijëra drita. Mora gotën e verës dhe ndryshova pak pozicionin e karriges, që ndriçimi të binte më mirë mbi librin me poezi të Pol Verlenit. Ajo, pa e çuar më gjatë, iu kthye leximit të tregimeve të mia.

Kaprollja e plagosur

Dukej si një kaprolle e ndjekur prej qensh. Dihaste, rrotullonte sytë andej-këndej, shfrynte, donte të nisej, ndalej, dridhte kokën mbi qafën e hollë, i shtrëngonte gishtat, grushtet, mblidhte krahët, gjunjët, gjoksi gjysmë i rrafshët i gufonte, i çohej peshë. Qentë i kishin sytë e mërdhezun, të lotshëm, të unshëm. E kishin vënë në mes dhe po prisnin me durimin e qenit, që e di se copa s'ka nga t'i shkojë, se gjahu ka rënë në kurth. Kisha orë që udhëtoja me atë tren të shëmtuar, që dukej sikur s'do na çonte askund. Ulur në një qoshk vagoni pa udhëtarë, qyqe i vetëm, me kokë mbështetur në xham. Kisha lënë pas një qytet të vjetër, që kishte qenë krenari e kohëve ilirike, pastaj më vonë një principatë e rrëmujshme me shkëlqime të argjendta, po aq sa me tymnaja flakësh e pështjellime ushtrish rrënuese. Një qytet, që në fund kishte gjetur qetësinë e vet në hirin e ftohur të një shkrumi, që dukej i përjetshëm.

Në Shkodër kalova tri ditë duke u puthur me një studente të vitit të parë për biokimi. Por aq. Nuk patëm mundësi të gjenim një vend ku t'i shuanim trupat e ndezur e tashmë dhimbja po ma këpuste fundin e barkut. Në atë pjesë të trupit, gjithçka qe ënjtur e mavijosur nga fërkimi, por gryka ish mbyllur aq sa as nuk urinoja dot. Mendova se një masturbim në vetminë e dhomës sime studentore në Tiranë do më rikthente në parajsën normale të të pshurrurit rehat, në atë rutinë, ku seksi dukej si luks i panevojshëm.

Kaprollja, që hyri e ndjekur nga lukunia e tre garipave me flokë e baseta të gjata, më shkëputi nga ky mendim dhe befas ndjeva kreshpërimin e dhimbshëm ndërmjet këmbëve. Ata skifterë m'u dukën aleatët e mi, zogj gjahtarë që do më sillnin në prehër gjeraqinën e dëshiruar. Ata u ulën rrëmujshëm sapo ajo zuri vend, duke e ndjerë veten më të sigurt në prani të një të panjohuri sesa në praninë e të "njohurve" të saj. Garipat kallën cigaret. E fshehën kaprollen në ulësen ngjitur me dritaren. Ajo po më dukej e largët, e djegur në një zjarr pa flakë, pa ngrohtësi.

Ktheva kryet në anën tjetër dhe ajo që pashë është fyese për lexuesit: gra të ngarkuara me sanë, duke grahur pata e duke endur triko në kërrabëza. Tri punë përnjëherë bënin gratë e zeza, veshur në të zeza. Mendova se në darkë dikush do t'i qinte ato gra, do t'i linte pllé, (shtatzënë është fjalë që përdoret kryesisht për qeniet njerëzore), ndoshta edhe do t'i rrihte, do t'u bërtiste se pse nuk e kishin marrë një peshë më të rëndë, se pse një rikë e vogël u kishte mbetur brigjeve të kanaleve. Ktheva kryet nga kaprollja. Ajo kishte bërë gjënë më të pabesueshme për atë mjedis, kishte nxjerrë një libër me poezi të Adam Mickieviçit, romantikut të famshëm polak, e po lexonte mes shtëllungave të tymit të duhanit "Partizan" e "Adrian", që pinin qokthat skej saj. M'u duk hileqare, sepse kopertinën e librit e ktheu nga unë, si për të më treguar se ajo ishte poezia, ndërsa ata rreth e rrotull ishin proza, proza më e keqe e realizmit socialist.

Sigurisht që ajo po më jepte sinjale. Nëse kryet tim të zhytur në mjegull nuk kapte sinjale të sofistikuara, ai sendi mes dy këmbëve nuk rrinte rehat. Qe prekur në sedër për dështimin e tij në Shkodër e tashmë donte të hakmerrej. M'u duk e ligë hakmarrja e tij, për më tepër e pamundshme. Ajo femër e dobët mes atyre garipave nuk mund të qe hakmarrja e tij dinjitoze;

në fund të fundit, ajo nuk do t'i dorëzohej në asnjë mënyrë. S'kishte se si; gara me tre zdapat rreth e rrotull kaprolles dukej e humbur përfundimisht për trimoshin tim.

Kështu që m'u desh t'ia vija dorën sipër, të bëja sikur s'e kuptoja, sikur as që më shkonte ndërmend të bëja aleancë me të, sikur halli i tij më qe i huaj, i largët, lehtësisht i nënvleftësueshëm. Kisha vetë një mijë e një halle, për të cilat, sendi mes dy këmbëve as që shqetësohej, as kishte treguar ndonjëherë shenja mirëkuptimi me mua. Jo, ai punonte veçmas, me egoizëm, me një ligësi armiqësore ndaj meje, thua se nuk ndanim bashkë gjakun e të njëjtës zemër. Duke menduar kështu ligsht për të, ai uli kryet dhe, për herë të parë pas kaq ditësh, kanali urinës e ndjeu veten të aftë të më dërgonte në banjë. Kjo m'u duk një punë fort e madhe, një fitore. Mora veten me të mirë dhe ia mësyna nevojtores së vogël, që gjendej veç pak hapa larg derës së vagonit. Sigurisht që në të dalë e sipër i hodha një shikim kaprolles, që përpëlitej në mes burrelasve të leshtë (siç e mora vesh më vonë). Në banjë, kënaqësia ime qe e shkurtër. Kanali i urinës, siç duket, u mbyll duke dalë prej vagonit dhe ajo që mbeti qe ngrefosja e shëmtuar e sendit tim, një ngrefosje plagosëse, e panevojshme, jo krenare.

U ktheva në vend dhe vura re se vajza kishte hapur një fletore e diç po shkruante. Kokoroshët po pinin duhan, po flisnin për asgjë dhe po qeshnin me të madhe.

Këqyra edhe njëherë nga dritarja. Një fushë e zbërdhulët - se në çfarë libri e kam mësuar këtë fjalë, që nuk thotë asgjë. Bardh-zbardh, mbuloj-zbuloj, bërdhul-zbërdhul! Nuk e di se çfarë do të thotë bërdhul, por zbërdhul më duket me një farë kuptimi për atë peizazh idiot, krejtësisht të paformë, të pangjyrë, të shpërlarë, një peizazh socialist me kalbësira e parulla të shkruara nëpër faqe malesh. Kallamishte dhe katundarë me veshje të hirta dhe ndonjë kafshë të deformuar, as lopë, as viç, as kalë, as gomar, as dhi, as dele, diçka në mes si lopiç, si kalmar, si dhele, kafshë të një lloji të veçantë, të tipit të ri, si njeriu i ri.

Kaprollja matanë më hodhi një shikim të plagosur - kjo nuk më shpëtoi. Ai qe vërtet një shikim i plagosur! Kishte dhimbje, kishte gjak, kishte lot, kishte lutje, kishte shpresë në atë shikim. Kapreçat rreth e rrotull saj përpiqeshin t'i bënin hije atij shikimi, ta mjegullonin me tymin e cigareve të veta mediokre, me qeshjet e tyre të pjerdhura, pa asnjë lezet. Ajo e pati mbyllur bllokun e shënimeve, ku pak më parë dukej se po shkruante. Libri i Mickieviçit dergjej në duart e njërit prej tyre. E hapi. Siç duket, lexoi një lirikë dashurie.

- Qenka kurvar ky shkrimtari, dika si me jua sjell punën femnave... hahahaaa!

Qeshën të gjithë. Qeshi me quk të zorit edhe kaprollja. M'u duk se qesha edhe unë.

- A e njeh këtë shkrimtar?

- Me mua po flet?
- Me ty, sigurisht! - ma ktheu ai që më pyeti.
- Ka qenë mik i babait tim, e njoh shumë mirë atë shkrimtar, por nuk është ndonjë farë kurvari! - e mbrojta Mickieviçin.
- Vërtet ka qenë mik i babait tënd?, - më pyeti njëri prej djemve, me favorite të gjata.
- Im atë ka studiuar në Poloni për topografi para Luftës së Dytë Botërore. Atje e ka njohur këtë poet! - thashë me ton shumë serioz e të besueshëm, thua se s'po shqiptoja një nga gënjeshtrat më të trasha të dhjetëvjeçarit të fundit.

Kaprollja picërroi sytë, rrudhi vetullat, thua se po llogariste moshën e tim eti, kohën kur ka jetuar Mickieviçi dhe budallallëkun tim. Ky qe një ekuacion i vështirë për t'u zgjidhur nga një kaprolle e rrethuar prej qensh të uritur, por m'u duk se ajo e kuptoi që unë përfitova nga ky çast për të hyrë në bisedë me grupin e tyre, gjë që dukej e pamundur vetëm pak minuta më parë.

- Topograf? Çfarë mëson njeriu në një shkollë për topograf? - më pyeti njëri.
- Si mendon ti? - e pyeta unë.
- Punë topash, ushtrie, lufte, shkollë oficerash...! - m'u përgjigj tjetri.

Ia rrasën një të qeshure të zhurmshme. Qesha edhe unë, edhe kaprollja. Qeshëm e thamë fjalë pa lidhje për oficerët, për topat, për topografinë, për Poloninë.

M'u desh t'u shpjegoja se njohja e babait tim me

Mickieviçin kishte qenë empirike - fjalë që ata e kapërdinë si të qe raki e keqe - qe bërë në rrethana të vështira dhe se takimet e tyre kishin qenë të shkurtra, kryesisht gjatë mbrëmjeve, në kohën kur im atë, për t'u çlodhur nga dita e ngarkuar, mbushur me ekuacionet e problemeve të topografisë, prehej duke biseduar me më të madhin poet të polakëve. Djemtë po më këqyrnin me gojë hapur, ndërsa kaprollja filloi të merrte frymë më lirshëm. Vura re se ata nuk e kishin fort problem kaprollen, madje nuk kishin qenë në ndjekje të saj gjatë gjithë ditës, siç më jepte të kuptoja lodhja e kaprolles.

Ata qenë takuar rastësisht në peronin e trenit, në njërin prej stacioneve më të pikëlluara të planetit, në Milot, dhe as që ia dinin emrin kaprolles. Kur e pyeta si quhej, ajo u përgjigj: "Kaltrina". Ja një emër që nuk përputhet askund me pamjen e saj, mendova. Asgjë të kaltër s'kishte tek ajo. Sytë, bojëkafe të thellë, dukeshin të zinj, flokët e errët e të dendur, si krifë luani, qafa e hollë e fshehur pas një shalli me ngjyrë të vrugët; nuk dukej aq e pastër, e mbajtur. Buzët i kishte vishnje, qerpikët e gjatë dhe vetullat të zeza korb. Edhe rrobat, po ashtu të errëta, një triko ngjyrë tulle, një palë pantallona të zeza. Qe e veshur shumë keq. Në fund të fundit, si gjithë ne të tjerët.

- Rina më thërrasin shkurt! - shtoi, si të kishte kuptuar se çfarë po bluaja në mendje.

Dukej e bukur thjesht se qe rrethuar nga ajo llavë mashkullore, nga ata tre burra të rinj, të keqveshur, të paqethur e të parruar, që pinin duhan e flisnin fjalë të ndyra. Rrethuar prej tyre, si brenda një trekëndëshi barabrinjës, ajo sigurisht që dukej e bukur, të paktën qe shumë më e brishtë. Edhe emrin, si edhe shkurtimin e tij, i kishte të këndshëm, poetikë. Që po lexonte autorin që e njihja (jo si mik të tim ati topograf, i cili nuk ka qenë kurrë në Poloni, madje as në Pojan të Fierit), tregonte se kishte shije. Për mirësjellje i pyeta djemtë se si i kishin emrat: Hysni, Rrustem, Asllan. Kishin marrë rrogat e pesëmbëdhjetëditëshit në Minierën e Bulqizës dhe po shkonin drejt Tiranës për të pirë birrë e ngrënë bërxolla te "Bar Sahati".

- Një herë në muaj shkojmë në Tiranë, ndonjëherë rrallë edhe në Durrës. Në Burrel s'ka kurrë birra, as në verë, as në dimër.

Gjatë kohës që ata po prezantoheshin me shkujdesjen më të madhe, truri po më punonte pa ndërprerje për të thurur një rrenë të besueshme rreth identitetit tim. Duhej një që të imponontë respekt, që do ta ma vinte autoritetin shumë lart atyre qenieve të pagdhendura të minierës. Mirëpo ata as që po më pyesnin se si quhesha, as se çfarë bëja. Ndërkohë kishin nxjerrë prej çantës një shishe raki, që ia kalonin njëri-tjetrit me radhë, pa u kujtuar të ma ofronin edhe mua.

Sa më shumë i afroheshim Tiranës, aq më shumë mbushej vagoni ynë. Përballë m'u ulën një grua dhe një burrë, që i mbanin kokat ulur. Njërit prej tyre i vinte era hudhër. Nga krahu tjetër, hareja nuk ndalej.

Djemtë gati po e thanin shishen e rakisë. Kaprollja kishte mbetur pothuajse jashtë vëmendjes së tyre, veç njëri, ai që qe ulur në krah të saj, përkulej herë pas here në drejtim të supit të saj dhe i thoshte diçka me zë të ulët. Ajo nuk reagonte, ndërsa ai qeshte me zë të lartë. Dukej se shokët ia kishin lënë atij kaprollen, ndërsa ata gjuanin me sy udhëtarët e rinj, që hipnin e zbrisnin nëpër stacione. Një vajzë e dobët, me fustan dhe pantallona, më pyeti nëse ishte i lirë vendi afër meje. Ia lirova ndenjësen afër dritares. I vinte era qumësht, duhej të ishte mjelëse ose shitëse qumështi. Sapo u ul, vuri dorën në gojë; nuk e duroi dot duhmën e hudhrës që vinte prej çiftit përballë. Ndoshta qe shtatzënë. Tashmë unë qeshë më afër grupit të zhurmshëm të tre djemve. Kaprollja kërkoi të ngrihej; shkoi në banjë. Kur u kthye, kërkoi nga djaloshi që t'i lironte vendin në anën e korridorit të ngushtë mes ulëseve. Krah për krah me mua.

Treni u ndal në Vorë. Aty zbritën të gjithë udhëtarët që shkonin drejt jugut. Treni do t'i priste aty udhëtarët e Vlorës, Pogradecit, Korçës, Fierit, Lushnjës. Treni i Veriut do të ndërronte ngjyrë, gjuhë. Njerëzit e jugut visheshin më hollë, me ngjyra më të hapura. Edhe çifti i hudhrës zbriti. Hapëm dritaren. Vajza me pantallona dhe fustan mori frymë lirshëm, ndërsa unë lëviza dorën para hundës. Atëherë, Rrustemi më zgjati shishen:

- Pije një pikë, ta heq erën e hudhrës! - fjalë që i shoqëroi me një të qeshur të zhurmshme, si rrëzim gurësh.

- S'pi në një shishe me ne ai, a nuk e sheh që duket si doktor? - tha Asllani.
- Doktorët nuk sëmurën kurrë! - tha Hysniu.
- Nuk jam mjek! - u mbrojta unë.
- E çfarë je, atëherë? - m'u duk se pyetën të tre me një zë.

Kaprollja m'i kishte ngulur sytë, ndërsa vajza me fustan dhe pantallona po më ndiqte me bisht të syrit. Bash atë çast, në vagon u rrasën me furi dhjetëra udhëtarë. Korridori i ngushtë mes sediljeve u mbush deng. Vetëm një e çarë e lehtë, që krijohej nga çantat e ulura përtokë të pasagjerëve, më lejonte të komunikoja me anën tjetër të trenit. Afërmendsh që përmes saj nuk mund të prezantohesha, as me identitetin tim të vërtetë, as me atë të rremë, që isha përpjekur ta krijoja për të mahnitur djemtë e zhurmshëm të minierës. Ia lëshova vendin tim një gruaje, së cilës i vinte era limon, me fëmijë në krah, me aromë të këndshme bebi. Ky gjest mirësjellje më lejoi t'i afrohesha edhe më shumë kaprolles. Pikërisht për këtë shkak e bëra atë gjest.

Sapo u ngrita në këmbë, vura re se ai qe një afrim jo fort i përshtatshëm, pasi më duhej të flisja prej në këmbë. Ajo qe e ulur, rrjedhimisht, gjithçka që thosha, dëgjohej edhe nga të tjerët. Përveçse jo i përshtatshëm, afrimi me të rezultoi fort i sikletshëm.

Treni piskati fort. Po i afroheshim Tiranës. Më mbeteshin edhe disa minuta për ta marrë vesh nëse kaprollja kishte apo s'kishte të bënte me ata djemtë e minierës. Me sa kisha vënë re gjatë udhëtimit, ata dukeshin më tepër si shoqërues të bezdisshëm, por gjithsesi të pranishëm, muskulozë, të pashmangshëm. Mendova se kaprollja do përfitonte nga rrëmuja e krijuar për të më kërkuar ndihmë, për të m'u lutur që ta shoqëroja. Me këtë ide në kokë, as që bëra ndonjë përpjekje të komunikoja me të, parë edhe kushtet pothuajse të pamundshme për një gjë të tillë.

Bash në këtë çast, treni me lokomotivën e vjetër sovjetike ia futi një sokëllime, sikur po çante fushat e vdekura nga të ftohtit e Siberisë dhe jo kryeqytetin e një shteti europiano-mesdhetar. Britma e saj ma drodhi mishin. Mishi i acaruar ndërmjet këmbëve kishte ulur krye, me turp. Treni u ndal në stacionin e Tiranës.

Bëra gjithë përpjekjet e mundshme që, kur të dilja nga dera e vagonit, të isha krah saj, si për të dëshmuar se ajo ishte e imja, ishte me mua. Ia arrita me sukses; i zbritëm shkallët përnjëherësh. Turma e njerëzve që priste në stacion, qe pothuajse po aq e madhe sa ne që zbritëm nga treni. Sa po përpiqesha të krijoja intimitetin e nevojshëm në krah të saj, ajo u shkëput prej meje dhe u drejtua kah tre djemve muskulozë, me pantallona xhinse kauboji, me flokë dhe baseta të gjata. Njëri prej tyre e përfshiu me krahët e fuqishëm dhe ajo mbeti e salduar në gjoksin e tij. As natën e mirë nuk munda t'i thosha. Në këtë çast, djemtë e Burrelit më kaluan pranë e më panë ashtu të ngrirë, të humbur, pa shpresë.

- Ej, doktor, a po vjen me ne?

Këqyra kaprollen, këmbët e së cilës nuk preknin më në tokë. Çantën e saj e mbante tashmë në krahë njëri prej tiranasve me baseta gangsteri. Ajo vetë as që mund të shquhej. U ndjeva si topograf ushtrie, më tepër, si një topxhi me barut të lagur. Djemtë nga Burreli u ndalën. Tiranasit e rrëmbyen kaprollen pa ia vënë veshin asaj që po ndodhte me mua.

- Eja doktor, shkojmë pimë birrë te "Bar Sahati"!

Pasi pimë e hëngrëm tri-katër orë birrë e bërxolla, u tregova se nuk isha doktor, nuk isha asgjë, thjesht një djalosh që donte një vajzë nga veriu, me të cilën akoma s'kisha bërë dashuri...

- Bjeri me dorë, doktor, se lirohesh...! - më tha njëri prej tyre, pa të keq, kur po ndaheshim në sheshin "Skënderbej", pak pas mesnatës.

Ula kryet dhe u drejtova kah konviktet. Dita kishte qenë e gjatë, e plagosur; tjetra po vinte e zymtë, e shirosur.

* * *

- I papërpunuar, ka ndjesi kontradiktore, por ruan sensin parak të gjahtarit, shpresën për trofe. Nga ana tjetër, edhe pse në thelb nuk është tregim dashurie, por vuajtjeje hormonale, teksti sjell me ngjyra të ndezura një peizazh të harruar, të parë e të përjetuar në një kohë tjetër. Letërsia është edhe fotografi, dëshmi e një kohe. Në fund të fundit, vjen dhe përputhet me atë nevojë të papërballueshme, të brendshme, atë që Pol Verleni e shpreh me vargjet e tij te poema që lexuam.

S'jam i qetë pa bërë dashuri.
E dobëta zemër u çmend
S'ka rëndësi kur,
me kë e në cilin vend! - më kaluan nëpër mend vargjet e cituara.

- Verleni nuk ka qenë aspak selektiv në zgjedhjet e tij, thjesht i pëlqente trupi njerëzor, i gruas apo burrit, pak rëndësi kishte për të! - shtoi Luiza, duke më ftuar të haja diçka.

Picat dergjeshin pothuajse të paprekura. Letërsia është edhe fotografi. Po çfarë kishte parë islandezja e mbrëmjes tek ajo fotografi e vendit tim, e vitit 1988? A shihte ajo ndonjë shtrojë poshtërimi e dhune? Një privim nacional nga e drejta themelore për seks, thjesht nga ai pëlqim trupor, i pafajshëm e i mbindërgjegjshëm, kundër të cilit qenë vërsulur të gjitha diktaturat, religjionet, sistemet morale e shtetërore të dhunës, qysh prej zhbërjes së bordellos hyjnore në malin e Olimpit, pas zbrazjes së haremit të Zeusit?

Luiza e vuri re se po prisja pak më shumë prej saj. Më pa me sytë e saj të ëmbël dhe buzëqeshi prapë.

- Problemet shoqërore që rrodhën pas revoltave të vitit 1968 në Francë, të quajtura Revolucioni Seksual, sollën një çoroditje të pashembullt në familjen evropiane, të pangjashme me të tjera lëvizje, qofshin edhe të dhunshme. Besoj se ishte një investim i madh i kampit armiqësor, që ky i yni të bënte dashuri e jo fëmijë. Dashuria është fluide, e papërcaktuar, në lëvizje, si një re elektronike, e paqëndrueshme. Fëmijët janë bimë të shpirtit, krijojnë një dendësi tjetër emocioni, japin peshë, sigurojnë vazhdimësi. Ushtarë për batalione të rreshtuara, punëtorë për uzina, bujqër e blegtorë për ferma, votues për politikanë. Tashmë ne kemi ligje që nxisin lindjen, por kemi dyzet e tre për qind të popullsisë që pëlqen më shumë të shohë një ndeshje apo serial sesa të bëjë dashuri. Ajo dendësi emocioni rreth asaj kaprolles e lë shtatzënë edhe pa e prekur dhe kjo është një ngjizje që i ngjet asaj të shenjtës.

- Keqardhja e madhe, e pangushëllueshme është se në atë mjerim e përgjim, dashuria shndërrohej në akt të pistë. Në shumëzim. U ngjanim mizave, në spot të pistë ulnim brekët e qiheshim. As s'kishim kohë të prekeshim, të putheshim, të thoshim fjalë të ëmbla. Gjyshja ime i donte pushtuesit italianë veç se u vinte era e mirë. Në gjimnaz, burri i motrës së Besnikut, një shokut tonë, shkoi jashtë shteti e bleu një sapun me erë të mirë. U bëmë të gjithë të dashur me Besnikun, veç të na jepte sapunin t'i merrnim erë. Unë, që e kisha shok, kisha të drejtë ta fërkoja tri herë në qafë.

- Ehh... lëkura e një gjimnazisti! Aroma e saj!

Luiza mbylli sytë dhe qëndroi ashtu bukur gjatë. Më dha të kuptoja se po flisnim për gjëra "jashtë teme". Dikur, mori gotën, e trokiti me timen dhe nisi të lexonte:

Shenjti Valentin

Shenjti Valentin, si gjithë të tjerët, kishte kohë që qe vlerësuar i padobishëm, madje i dëmshëm për shëndetin moral të të rinjve shqiptarë. Qe fillim shkurti i vitit 1991. Pas aq vitesh ndalimi e persekutimi të të gjithë shenjtëve, njerëzia kishin filluar të flisnin për ta. Të rinjtë e lidhën veten shpejt me Shenjtin e Dashurisë. Si gjithë të tjerët, edhe unë. I kisha sharë shenjtorët para dhjetorit të vitit 1990, tani i mbroja dhe shaja partinë.

Ashtu ishte moda. Vetë partia shante veten.

Gjatë pjesës së fundit të adoleshencës dhe fillimit të rinisë, isha përpjekur të mos bija në dashuri, pasi kisha kuptuar se kjo nuk shihej me sy të mirë. Partia i donte djemtë kurvarë, ata të hedhurit, siç i quante ajo, por jo mikroborgjezët, që binin në dashuri. Kishte një lloj rreziku rënia në dashuri! Partia e kishte kuptuar; doemos, se i kuptonte të gjitha. Ajo, ose kishte frikë se mos të rinjtë ulnin vigjilencën e binin në prehrin e armikut, ose ishte xheloze që ajo pjesë e dashurisë, në mënyrë të natyrshme, do t'i shkëputej partisë e do t'i dhurohej qenies së dashur. Ja kështu ishin punët në atë fillim dhjetëvjeçari.

Por unë nuk e çaja fort kokën për stërhollime të tilla. Sapo kisha botuar një roman dhe kisha fituar njëfarë fame. Shkrimtarët pordhacë të realizmit socialist qenë tërhequr për njëfarë kohe dhe vendin e tyre e zumë ne, shkrimtarët e rinj të antirealizmit socialist. Një teze e arratisur në Amerikë më kishte dërguar xhinse, pulovra, xhaketa e këpucë të bukura. Romanin e kisha botuar dhe kisha njohur një vajzë, të cilën, për çudi dhe kundër vullnetit tim, kisha filluar ta doja. Ndjehesha keq po të mos e takoja të paktën një herë në ditë. Më kapte një lloj ankthi kur nuk e dija se ku ishte.

I pata premtuar se ditën e Shën Valentinit do t'i bëja një surprizë të mrekullueshme, që do ta mbante mend shumë gjatë. Të njëjtën gjë më premtoi edhe ajo. Pastaj e pritëm ardhjen e asaj dite duke hamendësuar kot së koti se cila do ishte surpriza. Asaj as që i shkonte ndërmend se çfarë kisha planifikuar. Orë të tëra më mori në pyetje, të cilave u përgjigjesha me një "jo" të shkurtër, duke i zhgënjyer gjithë fantazitë e saj. Edhe unë isha tepër kurioz për surprizën e saj, por, megjithatë, u tregova më i përmbajtur, pasi dështova në katër-pesë hamendjet e para.

U njohëm rastësisht në një darkë, si dy prej të ftuarve të mikut tonë të përbashkët, i cili kishte pak fantazi për të shpenzuar para. E vetmja gjë që dinte të bënte mirë, qe organizimi i mbrëmjeve, ku ftonte njerëz të "shquar", sipas tij, pa dashur të nënvlerësoj faktin se shumë prej tyre qenë vërtet të rinj të talentuar, që premtonin. Në një të tillë njoha edhe një djalë të verdhë, me flokë si hëna. Ai ma kujtoi pas pak javësh se atë natë i paskësha thënë se më ngjante me një trishtim hënor, i shtrydhur në kallëp njerëzor. I kishte mbetur në mendje kjo fjali dhe e kish marrë për kompliment. Në fakt, mua më kishte ardhur keq për të. Verdhacuku shkruante vjersha dhe vinte nga një fshat veriperëndimor, që nuk e kishte larg as detin, as malin. Studionte për kimi, si për të më krijuar më lehtë idenë se qe një krijesë gati eksperimentale, një embrion alkimist. Sa herë e takoja, më thoshte: "Ti ke shkruar për fshatin tonë!", dhe, për të më bindur që kishte të drejtë, më kishte ftuar nja njëqind herë ta vizitoja atë fshat për ta parë me sytë e mi. "Prindërit e mi të presin me padurim", shtonte.

Njëherë e pyeta:
- Si është fshati yt?
- Si qyteti që ke përshkruar në romanin tënd! - ma preu shkurt.

E pranova këtë ulje grade, nga qytet në fshat, thjesht nisur nga ideja se qyteti që përshkruaj në roman nuk është ndonjëfarë qytetit në të vërtetë. I vogël, me një rrugë kryesore, me dyqane standarde, me pyll dhe fshatra të ngjitura me të. Vështirë se hetohet kufiri mes malit, qytetit dhe fshatit. Njeriu mund t'ia nisë këtij numërimi edhe nga ana e kundërt: fshati, qyteti dhe mali. Qyteti mbetet në mes të fshatit dhe malit. Fshati i tij qe mes malit dhe detit, ndërkohë që qyteti më i afërt nuk qe larg. Në fund të fundit, as nuk ia vlente të argumentoja me atë njeri të hëntë, që shkruante vjersha dhe mësonte kimi. Përreth kisha njerëz më të rëndësishëm, që interesoheshin për mua dhe shkrimet e mia. Ai ishte i vogël të shndërrohej në objekt të vëmendjes sime. Sinqerisht po e them. Kështu mendoja në atë kohë. Dhe jo vetëm për atë, por edhe për qindra e qindra të tjerë. Kishin ardhur kohë të tjera për mua. Një shkrimtar shqiptar i arratisur në Itali, kishte kërkuar të përkthente librin tim në italisht. Unë vetë kisha kontaktuar me një pariziane, që përkthente libra në gjuhën tonë, pa ditur të fliste shqip. Parisi dhe Roma nuk dukeshin larg shënjestrës së lavdisë sime!

Ja pse asnjëherë nuk kisha biseduar me të dashurën rreth "hënorit". Më dukej sikur do ta molisja bisedën duke folur për të. Krejt e parëndësishme të shfaqesha në një fshat veriperëndimor, ku nuk njihja askënd e ku s'më njihte askush. Po ja që afrimi i ditës së Shenjt Valentinit, befas, më bëri të ndryshoja mendim. Vendosa ta merrja me vete edhe të dashurën. Do kalonim dy ditë larg Tiranës, qytetërimit, larg qebaptoreve dhe protestave antiqeveritare. Këtë vendim ma përforcoi takimi me të përhënurin, por këtë herë në prani të të dashurës sime. Si gjithmonë, ai do ta hapte bisedën rreth fshatit të tij:

- Është një gjë e rrallë! Nuk mund ta imagjinoni trishtimin e kënetës në dimër, pa zogj, pa pata të egra. Kallamishtet e hirta rënkojnë nga erërat e dimrit. Mbrëmjeve të kthjellëta, hëna ulet në brinjë të malit, nga ku rrotullohet ngadalë, derisa fundoset në det. Mëngjeseve, mjegullat e fshehura gjatë natës në kallamishte, marrin arratinë nga erërat. Peshkatarët nisin betejën e tyre me valët. Befas fillojnë shirat dhe furtunat...! Gjithçka egërsohet, bëhet e pakontrollueshme...!

E gjitha kjo i ngjante një rrëfimi epik, përshkruar me një lirizëm tronditës, tërheqës. Të dukej vetja si në ndonjë pikturë, si në ndonjë film me fshatra peshkatarësh meksikanë. Të krijohej përshtypja se ai qosh i botës akoma nuk qe zbuluar nga Magelani, Vespuçi a nga ndonjë eksplorator tjetër i famshëm. Ai fshat dukej sikur qe në skaj të dheut, pak më larg se qoshi i fundit të dheut, një zgjatim i verbër jashtë globit, diku mes hënës dhe oqeanit.

Ai nuk e përsëriti ftesën e zakonshme, nuk e di pse, ndoshta u frikësua se do bëhej i mërzitshëm. Iku. Shpejt e harruam që kish qenë aty.

- M'u duk sikur pashë një film! - më tha e dashura pas pak çastesh.

U kujtuam edhe njëherë për flokëhëntin kur kamerieri na tha se ai i kishte paguar edhe pijet tona. Që nga ai çast e kisha marrë vendimin: ajo po të donte të vinte, po të donte jo.

Më katërmbëdhjetë shkurt morëm trenin e Veriut dhe u nisëm drejt shtëpisë së mikut tonë flokëverdhë.

"Ka një braktisje qiellore fshati ynë, ndjehet kaq i vetmuar dhe kaq i plotë në vetminë tij. Nuk ka pasur kurrë nevojë për qytetërimin e rrëmujshëm; të vetmet sende të vyeshme që kemi prej tij, janë kisha dhe dritat elektrike", po citoja fjalët e tij gjatë rrugës, ndërsa e dashura më dëgjonte me kuriozitet. Këto dy "sende" e kishin mbërritur fshatin e vogël në një distancë kohore 1900-vjeçare. Mes këtyre dy ngjarjeve, në katund s'pat ndodhur asgjë për t'u shënuar. Fshati kishte shkollë tetëvjeçare dhe të mesme, siç kishte edhe zyra të komunës, taksa, një telefon, një infermieri e këso vogëlimash. Por këto nuk i kish përmendur shoku im flokëhëntë!

Për të shkuar në fshat, përveç kalimit me varkë përmes kënetës, ishte edhe një rrugë e vjetër, rreth dyzet kilometra e gjatë, ndërtuar nga italianët gjatë Luftës së Dytë Botërore, por ajo përdorej tepër rrallë nga fshatarët.

"Do kaloni një natë të jashtëzakonshme, përrallore!", më kishte garantuar ai.

Fillimisht nuk desha ta ftoja fare të dashurën, por m'u kujtua se një vend i tillë ishte ideal për të thyer akullin e parë, për ta kapërcyer atë prag delikat, për të cilin ajo revoltohej dhe thërriste: "Ndal! Zonë ushtarake!". Ah, kam harruar t'ju them se "poezia ime" është bija e një ish-oficeri. Të paktën kështu më thoshte, por unë e pata kuptuar që qe ish-oficer sigurimi. Më kishte ftuar disa herë t'i shkoja në shtëpi, të njihja prindërit dhe vëllain e vogël, hap që ende s'e kisha ndërmarr. Le të njiheshim pak më mirë, të tjerat prisnin.

Ulur pranë njëri-tjetrit në trenin e ngadalshëm, ajo dukej se nuk kishte trashëguar asgjë nga oficerllëku i të atit. Qe e butë, pak melankolike, e humbur në mendime, një profil qengji. Mbështetur tek ajo, ndjeva se si faqet e takuara po na ndizeshin flakë. Flisnim rrallë dhe, sa herë vërenim se nuk na këqyrnin sy kureshtarësh, putheshim shkurt, si shkëmbim i zjarrtë rrufesh nën një qiell të ulët. Duke më pëshpëritur në vesh, më dukej sikur më derdhte prush. Sa më shumë i afroheshim qytetit verior, aq më shumë qielli kthjellohej, aq më tepër përndizeshim të dy.

Kur zbritëm në stacionin e zhveshur, pamë të njohurin tonë, i cili po priste bashkë me dikë në hyrje të sallës së vogël. Tjetri, mik i familjes, qe edhe shoferi i një mercedesi të vjetër.

Udhëtuam nja tre çerek ore dhe përfundimisht u gjendëm në brigjet e kënetës, përballë fshatit. Shoferi u largua pasi na përshëndeti dhe na pyeti se kur duhej të na priste të nesërmen. Miku ynë i tha se do ta gjente një mënyrë ta lajmëronte. Për telefon nuk bëhej fjalë në atë kohë.

Pishat e buta e të shtrembëta, me rrënjë në rërë, fishkëllenin nga era. Në perëndim, dielli iu afrua detit dhe përflaku mijëra fole të braktisura lejlekësh, që dukeshin si brumbuj të shkapërderdhur zjarri. E dashura m'u palos mbi trup. Flokëhënori na tha se duhej të prisnim ndonjë gjysmë ore, por këtë kohë, nëse donim, mund ta kalonim në kafenë e kushëririt të tij aty afër. Na pëlqeu më shumë të kundronim peizazhin e mrekullueshëm të asaj buzëmbrëmjeje, por befas ndjemë ftohtë. Era, që frynte nga kurrizi i malit, dallgëzoi kënetën dhe kallamishten e gjerë, ndërsa ne u nisëm për te bari. Në fakt, nuk qe kafene, por një stan me kallama, mbuluar me plastmas, brenda së cilës gjendeshin dy-tri tavolina plastike me karrige anash, një stufë e vjetër, sipër së cilës vlonte një gjym me ujë. Disa dhjetëra shishe me gjithfarë etiketash, mbanin brenda një lëng të bardhë.

- Raki e prodhuar vetë! - u mburr pronari. - Ndonjë gjë për të ngrënë?

E kundërshtuam me mirësjellje ofertën e tij, edhe pse s'do paguanim asgjë, pasi 'kushëriri" e dinte kush ishim, gjë që na e tha me shkëlqim sysh dhe tepër i kënaqur të na shërbente.

Ky ishte problemi ynë: ata na njihnin se kush ishim, ndërsa ne të dy, le që dinim pak për njëri-tjetrin, por po aq, në mos më pak, dinim për veten. Për mikpritësit tanë nuk dinim asgjë. Kush isha unë, në fund të fundit, dhe çfarë po lypja në atë skaj? Kush ishte ajo vajzë e imshtë, që më mbështillej për trupi, pa më lejuar ta prekja aty ku doja? Kush qe ai djalë me flokë të hënta, emrin e të cilit kisha orë që e përsërisja për të mos e harruar? Ku po shkonim? Kush po na priste? Prej ku ishim nisur dhe a do mund të ktheheshim më aty? Një e panjohur e stërmadhe dallgëzohej para nesh dhe e vetmja muzikë që e shoqëronte, qe klloçitja e dallgëve dhe kërcitjet e thata, nevrike, të kallamave.

Matanë asaj mase uji, qe fshati i premtuar, me kishë dhe drita elektrike. Aty shpresoja të mos e dëgjoja më paralajmërimin rrëqethës, paralizues: "Ndal! Zonë ushtarake!". Më erdhi gati turp nga vetja që kisha ndërmarrë një udhëtim aq të çuditshëm me një qëllim aq imcak.

- Erdhi Ndoja! - tha miku ynë, kur dëgjoi dy fishkëllima të njëpasnjëshme.

Dolëm, pasi ngrita me fund gotën e rakisë.

- Tungjatjeta, shoku shkrimtar! - tha burri me mushama të zezë, që po përpiqej ta afronte varkën pranë bregut.

- Tungjatjeta dhe e mira Ndue! - ia ktheva unë.

Emri Ndue është shumë i përhapur në veri, veç ka një veçanti të rrallë, pasi në rasa të ndryshme merr forma krejt të ndryshme. Për shembull, në rasën rrjedhore bën "prej Noes" - d-ja bëhet e pazëshme pas n-së dhe bie, përgjithësisht, në të folmen gege - gjë që të sjell ndërmend menjëherë njeriun e famshëm biblik, zgjedhur nga Zoti për të shpëtuar farën e tokës. Ai, sipas porosisë, mori në (v)arkën e tij nga një çift të të gjitha "llojeve të Darvinit" dhe i shpëtoi pas zemërimit të Perëndisë, që shkaktoi përmbytjen e gjithçkaje.

Ja ku isha edhe unë, i zgjedhuri i Zotit, në një varkë me Noen tim të kërrusur, me mjekër të thinjur dhe zë të çjerrë. Kur na dha dorën për t'u hedhur në varkë, ndjeva erën e tij të rëndë; djersë e përzier me erë peshku, që iu shtua erës së rakisë që kisha pirë e gati sa nuk më bëri të villja. Filluam të lëkundeshim nëpër valë. Më treguan se si duhej të qëndroja. Mbrëmja kishte rënë plotësisht dhe era qe shtuar. E dashura, trimja që më klithte si ushtare e përhime me kallashnikov: "Ndal, zonë ushtarake!", qe mbështjellë në gjirin tim dhe gati nuk shquhej fare. Noja nxirrte dhe ngulte shkopin e gjatë, duke i dhënë varkës në drejtim të brigjeve të tjera. Fillimisht kaluam nëpër një kallamishte të shpeshtë, por pas pak u gjendëm në ujëra plotësisht të hapura.

- Nuk është thellë, - tha Noja, - dy a tri metra, mos u tutni!

Nuk po tuteshim, po na dilte shpirti. Mendova se, nëse Noja do të qe njeri i lig, veç me një të fryrë do na kishte hedhur në mes të ujërave e dallgëve; aq peshonim të dy bashkë. Atë çast ndjeva dorën e flokëhënorit që më kapi në bërryl, gjë që më dha siguri, ndërsa e dashura i kishte mbërthyer krahun tjetër. Noja fliste me detin, me kallamat, me valët, me shkopin e madh që mbante në dorë dhe dukej si një grumbull i zi lëvizës në fund të varkës. Ai qe timonieri ynë, si Timonieri Mao, i cili udhëhiqte me dorë të sigurt popullin kinez nga fitorja në fitore dhe shkruante citate. Nëse do ta kish bërë këtë gjë edhe Noja im, do t'ia kisha lexuar në mes të asaj errësire të lagësht, me përulje të thellë, respekt dhe dashuri për aftësitë e tij drejtuese, veç të na dërgonte në bregun tjetër, në fshatin e premtuar me kishë dhe drita elektrike e të mos kridheshim ujërave të njelmëta, t'u bënim shoqëri të përhershme peshqve dhe rrënjëve të kalbura të kallamishtes.

Ndjeva një pickim në sup, ndaj vështrova kah 'poezia' ime:

- Nëse shpëtojmë gjallë, s'dua të jem më asnjë minutë e virgjër! - më tha dhe m'u ngjesh më tepër në kraharor.

Nuk e di pse pata një dëshirë cinike. Një ndjesi marramendëse, shkatërrimtare u tallazua në shpirtin tim: desha që varka të përmbysej, unë të vdisja dhe ajo të shpëtonte, të shpëtonte e virgjër, veç prozaike, si një repart i pathyeshëm ushtarak, populluar nga ushtarë të vegjël kinezë, vigjilentë dhe të tredhur. Si t'i kish dëgjuar fjalët e saj, flokëhënti tha:

- Babës i kam thënë se jeni burrë e grua, ashtu duhet t'i thoni edhe ju!

- Ashtu do t'i themi, nëse shpëtojmë gjallë! - ia ktheva, pa e pasur mendjen tek ato që po broçkullisja.

- Mos u tremb shkrimtar, he burrë i dheut! - tha Noja. - Kam kaluar edhe kryetarë kooperativash nga dyqind kile me këtë varkë, e le më ty me atë çikë, sa një rosë e egër!

E dashura qeshi. Pas saj qesha edhe unë. Dikur qeshi edhe flokëhënti. Në fund qeshi edhe Noja, që ma ktheu në shpirt sigurinë e arratisur.

- Mbërritëm! - tha ai, duke e tretur të qeshurën mbi valët e errëta pas shpinës sonë.

U hodh në ujë dhe filloi ta shtynte varkën drejt një imshte plot me kallama. Varka u ndal diku në baltë. Noja na mori në shpinë njëri pas tjetrit, deri në një sukë bari, në tokë të thatë, fillimisht mua, pastaj të dashurën e në fund kushëririn e tij të zbehtë.

Lajmi i parë që morëm vesh sapo zbritëm, nga dy

vëllezërit e flokëhëntit, qe se në fshat nuk kishte drita.
Pata frikë se edhe kisha do qe arratisur. Desha ta pyes
flokëhëntin, por m'u duk shumë cinike. Ata na prinë
përmes baltës me dy elektrikë dore, dritën e të cilëve
e hidhnin veç para këmbëve tona. Një kope qensh na
rrethoi me të lehura të lemerishme, aq sa zemrat na
ranë edhe një herë në fund të këmbëve. Dikur qentë
e morën vesh se ishim mysafirë, drodhën bishtat dhe
ikën nëpër errësirë. Shpejt u gjendëm në oborrin e
gjerë të shtëpisë, që ndriçohej nga flakët e një zjarri, që
përbironte nga një derë e hapur stani. Afër shkallëve
të jashtme, që të çonin në katin e dytë, pishtari i
ndezur, varur në mur, bënte dritë të mjaftueshme sa
për t'i gjetur shkallaret, ndërsa në hyrje ndriçonte një
fener. Qe edhe një tjetër më tutje, më në brendësi të
shtëpisë. I zoti i kullës, babai i flokëhëntit, doli me
një llambë vajguri në krye të shkallëve të brendshme
prej dërrase dhe na tha:

- Mirë se ju pruni Zoti!

Pastaj iu drejtua Ndojës me një mijë falënderime
për punën e vështirë, të rrezikshme, por edhe me
përgjegjësi, të kalimit të miqve përmes kënetës
në një natë si ajo! Hymë në dhomën e burrave.
Qe një hapësirë dhjetë-pesëmbëdhjetë metra. Në
njërën anë të oxhakut të madh, ajo qe e shtruar me
dërrasa të lëmuara pishe dhe e mbuluar nga qilima
shumëngjyrësh, sixhade dhe lëkura delesh. Rrëzë
murit, jastëkë të qëndisur, të panumërt e me gjithfarë
formash. Në anën tjetër ndodhej një vendulje më e

thjeshtë, me një lëkurë të galme ogiçi dhe fill pas saj fillonte pjesa moderne, shtruar me pllaka mermeri, të paktën ashtu dukeshin, me tavolinë të madhe, karrige druri të gdhendura dhe një minder i rëndë me mbështetëse po prej druri të skalitur. Kaq munda të shquaj, pasi kjo pjesë e dhomës qe pothuajse në errësirë, ndërsa në tjetrën shkëlqenin dhjetëra qirinj, dy llamba vajguri, e, mbi të gjitha, flakët e zjarrit në oxhak.

Brenda gjetëm vetëm një person, të cilin, edhe pa na e prezantuar, nga veshja e morëm vesh se qe prifti, At Marku! Pasi u ula afër oxhakut, i zoti i shtëpisë m'u afrua edhe një herë, më zgjati dorën dhe më uroi për së dyti:

- Mirë se erdhe, shkrimtar!

Nuk e di se pse fillova të ndjehesha keq. Ndoshta ngaqë më thërrisnin shkrimtar; nuk isha mësuar ta dëgjoja shpesh atë epitet. "Shkrimtar" nuk është fjalë me domethënie, madje, në një farë mënyre, nuk është as profesion. Aq më tepër në rastin tim. Unë kisha botuar vetëm një libër dhe qeshë i sigurt se ata njerëz, që më thërrisnin ashtu, nuk e kishin lexuar. Ndoshta mendonin se më nderonin, por mua, përkundrazi, m'u duk sikur talleshin. Pas pak, në dhomën e madhe hynë njëri pas tjetrit një varg i gjatë njerëzish, të cilët prisnin në radhë sa të na i njoftonte i zoti i shtëpisë. Fillimisht qenë burrat, vëllezërit e të zotit të shtëpisë, disa kushërinj, mësuesi i fshatit, pastaj me radhë gra e vajza, dhe, në fund fare, një mori e tërë fëmijësh, shumica të qethur tullë. Ata na jepnin dorën dhe shqiptonin shpejt e shpejt dy-tri fjalë, kryesisht "Mirë se erdhët!" dhe "Ju lumshin këmbët!". Me përjashtim të At Markut, i cili më drejtohej me "biri im", pothuajse të gjithë të tjerët më flisnin me "zotni shkrimtar". Pasi ndërruam duhan me të zotin e shtëpisë, i kërkova me thjeshtësi që të më thërriste në emër, pasi isha i ri dhe, vetëm me një libër të botuar, akoma nuk e meritoja të thirresha ndryshe.

At Marku mori fjalën në vend të tij. Më garantoi se "thjeshtësia e zbukuron njeriun", (shprehje që e përdornin edhe komunistët deri dje), por libri im ishte vërtet i veçantë, ndaj e meritoja plotësisht të thirresha shkrimtar!

At Markut s'i mungonte mendjemprehtësia. Ai, siç duket, e vërejti sikletin tim dhe pas pak shtoi se, megjithatë, ata do më thërrisnin siç më pëlqente më tepër. Prej atij çasti e mbrapa nuk e dëgjova më fjalën shkrimtar.

Në një dhomë të tillë, njeriu flet për gjëra që kurrë më parë nuk ka folur, madje ndonjëherë thotë fjalë të reja dhe aq të vlefshme, sa, po t'i kish mbajtur shënim apo mend dikush e të t'i thotë pas pak ditësh, do të dukeshin të pabesueshme. Vetë ajri i dhomës ishte ngarkuar me një peshë të veçantë, me një gjendje të rrallë, që bën të mundur vetëm shqiptimin e mendimeve të ngjeshura, të rrasta me urti, figurative, shumëpërmasore. Burrat e ulur këmbëkryq thithnin duhan dhe bluanin ngadalë ato që thosha dhe nga ngadalësia e këtyre veprimeve të krijohej përshtypja se nuk po kuptonin asgjë, veç miratonin ashtu me lëvizje të kufizuara të kokës. Pastaj befas gjendesh në pozitë të atillë, që të duhet ta shpjegosh fjalën tënde dhe t'i gjesh asaj kuptime që më parë as që të kanë shkuar ndërmend. E vetmja gjë që nuk shkonte në atë dhomë qe "gruaja" ime. Ajo qe palosur pas meje dhe nuk e hapi asnjëherë gojën. As që e pyeti njeri, qoftë për shëndetin. Qe e vetmja femër brenda asaj dere. Gratë dhe vajzat, që kishin hyrë në fillim për të na dhënë dorën, qenë larguar me kohë. Kur po shtrohej darka, "gruaja" kërkoi të dilte përjashta dhe me gjithë pritjen time të gjatë, nuk u kthye më. Flokëhënti më tha se ajo do hante me gratë!

Raki, djathë e turshi na kishin sjellë sapo mbërritëm. Më vonë erdhi mishi i pjekur në një tepsi të madhe. Më hodhën disa copa të mëdha qengji e më shpjeguan se nuk kishin përdorur mish derri, pasi nuk e dinin se cilës fe i përkisja. Nga fundi sollën një lloj flie me mjaltë. Raki gjatë gjithë kohës. Burrat flisnin me radhë. Qeshnin shkurt, kolliteshin në bërrylin e vet. Të ulur këmbëkryq rreth e rrotull një sofre të madhe. Më lutën të hanim në tavolinë, pasi qe më rehat për qytetasit, por kundërshtova. Më pëlqeu të hanim si dikur. Folëm për gjithçka, sidomos për demokracinë. Për shpresat që na kishte ngjallur ajo. Për lirinë e besimit, të fjalës, të shkrimit. Kur i shikoja ata njerëz që besonin ashtu, më dhimbte shpirti, pasi isha i bindur që besimi i tyre do zhgënjehej shumë shpejt.

- Një libër si i yti nuk do ishte botue kurrë ma përpara. Madje, po ta kishte ditë sigurimi se dikush e ka shkrue një libër të tillë, do ta kalbte në burg! - tha mësuesi.

- Gjaja ma e mirë në librin tand asht se nuk është libër kundra, asht libër që shqipton të vërtetën, pa qenë kundër askujt, - tha at Marku.

Biseda rreth librit mori zjarr. Shumë prej atyre që e kishin lexuar, flisnin me pathos e më lanë gojëhapur. Në Tiranë e sulmonin pikërisht ata që s'e kishin prekur me dorë, por s'më interesonte fort; gjendesha në mes të zjarrit të polemikave dhe kaq kish rëndësi. E kundërta po më ndodhte aty, në atë dhomë burrash pa dritë elektrike, në një fshat të izoluar në veriperëndim të vendit. Në një fshat europian, në fund të shekullit XX, mbi dhjetë burra kishin lënë mënjanë hallet e tyre e po flisnin për librin tim, ndoshta si të parët e tyre të para njëzet shekujve për Biblën. M'u duk e tepruar ajo që po mendoja, sidomos krahasimi me Biblën. Atë rrëshqitje mendjemadhësie ia faturova shpejt e shpejt përndezjes prej alkoolit. Por, atë mbrëmje, gjithçka ishte e tepruar: mikpritja, sakrifica në emër të saj, ushqimi, rakia, kërshëria, shpresa, errësira, planet e mia për të fjetur me të dashurën në një kullë të tillë.

Në pjesën e dytë të mbrëmjes, mendja më ndenji veçse tek ajo. Më saktë, te çasti kur do shtrihesha për herë të parë në të njëjtin shtrat me të. Më qenë ngulitur në mendje fjalët e saj se, nëse shpëtonim gjallë, atë natë, ajo dëshironte të humbte virgjërinë. Dhe mendova se në një kullë aq të madhe, do ishte një strofull e skajuar, ku ne mund të bënim dashuri, të festonim Shën Valentinin, që me aq padurim dhe ankth e kishim pritur.

Fillova të ndjeja lodhjen; pak nga rakia, pak nga udhëtimi, pak se po shkonte mesi i natës. Këtë gjë e vërejtën edhe të tjerët, të cilët, si me porosi, filluan të largoheshin duke nxjerrë gjithfarë justifikimesh. I fundit u largua At Marku. Në ikje e sipër më tha se shpresonte të më shihte në kishë të nesërmen, anipse nuk isha katolik. I thashë "po", pa e pasur të qartë se çfarë do bëja ditën tjetër. Në dhomë mbetëm vetëm unë, i zoti i shtëpisë dhe flokëhënti. Dera u hap dhe brenda hyri "gruaja" ime bashkë me nënën e flokëhëntit. I zoti i shtëpisë dha urdhër që të bëheshin gati shtrojat për gjumë. U lehtësova. Pas pak, në qosh të dhomës u shtruan dy palë rrobash, jo larg njëra-tjetrës. Atë çast, plaku i tha të shoqes:

- Merre vajzën e shkoni!

Ajo mori "gruan" time dhe doli. Gati sa nuk m'u ndal fryma. Ku po e çonin? Po mua, ku po më linin? A nuk shtruan për mua dhe për të? Flokëhënti ma bëri me shenjë nëse kisha nevojë të shkoja në banjë. Sigurisht, kisha nevojë të sqarohesha të paktën, se çfarë po ndodhte. I zoti i konakut ndenji në dhomë, pranë oxhakut.

Sapo kaluam pragun e derës, e pyeta flokëhëntin se ku ishte e dashura ime. Me vështirësi u mundua të më shpjegonte se kishte ndodhur një keqkuptim i pakorrigjueshëm. Megjithëse ai ishte përpjekur me sukses ta bindte të atin se ne qemë të martuar, plaku kish thënë se mysafirët, edhe pse janë burrë e grua, duheshin respektuar sipas zakoneve të tyre: "Ata për këtë punë vijnë, të njohin jetën dhe zakonet tona. Nëse janë burrë e grua, kanë se ku flenë bashkë sa herë të duan. Ne do respektojmë zakonet". Kështu, unë do flija në dhomën e burrave bashkë me babën e tij, ndërsa "gruaja" me nënën dhe motrën e flokëhëntit. Të dashurën time mund ta zhvirgjëronte veç ajo plaka me rroba të zeza. Ajo do flinte si qengj nën rojën e saj, ndërsa unë si qen i rrahur nën vëzhgimin e plakut me mustaqe, kollë dhe tym duhani.

M'u duk e kotë të revoltohesha, aq më pak të kundërshtoja. Madje për një çast gati më erdhi mirë që e dashura ime nuk do ta realizonte dëshirën e saj për t'u zhvirgjëruar. Vigjilenca e saj ushtarake e kishte gjetur strehën e vet shekullore. Në atë kullë, ajo do mund ta ruante virgjërinë deri në vdekje, qoftë nga armiku i brendshëm, duke u fshehur skutave e kthinave, qoftë nga armiku i jashtëm, me pushkë në dorë nëpër frëngjitë e ngushta të katit të parë dhe të dytë. Gjithë ata burra të zymtë, që sapo qenë larguar, do dilnin në mbrojtje të nderit të saj deri në vdekje. Në vdekje, At Marku do t'i këndonte vargje nga Bibla "shën poezisë sime të virgjër"! Pas disa kohëve, kur shpirti i saj të ikte në parajsë, trupi nuk do mund t'u thoshte brejtësve ashtu siç më thoshte mua: "Ndal, zonë ushtarake!'".

Kur u ktheva në dhomë, plaku qe zhveshur dhe shtrirë në teshat e tij, me kokë të mbështetur për muri. Kishte hequr qeleshen dhe rrashta tullace, e rrudhur, m'u duk e vogël sa një kokërr arre. Një llambë vajguri, vënë në dritare, lëshonte një dritë të vdekur drejt e mbi rrasën e kresë së plakut, ndërkohë që dhoma dukej e zhytur pothuajse krejt në errësirë. Zjarri në oxhak qe mbuluar me hi. Ai më tha 'natën e mirë' dhe nuk e di pse pata përshtypjen se ato fjalë i bluajti me shumë vështirësi. Vërtet, kur po shtrihesha, pashë në një kavanoz të mbushur me ujë, pranë dritares, protezat e kuqe të dhëmbëve të bardhë. Dhëmbët lëshonin një xixëllim djallëzor, dukeshin si një dekoracion i braktisur varreze. E gjithë dhoma m'u duk si një dekor i lashtë, harruar pa u çmontuar, nga nxitimi i një trupe të pakujdesshme apo të arratisur nga ndonjë rrezik i beftë. Ajo trupë kishte lënë pas vetes një aktor të mplakur, i cili, siç duket, nuk i qe trembur vdekjes, me praninë e së cilës kishte vite që jetonte. Qe mësuar me të. Mishi i faqeve i qe përvjedhur brenda kavitetit të gojës, ndërsa rrudhat e shumta të lëkurës sikur qenë rrafshuar nga drita uniforme dhe tepër e lodhur e llambës së vajgurit, duke shlyer kështu ndryshimet mes kafkës së braktisur nga mishi dhe kokës së rrudhur të një plaku. Bërryli i hollë i kishte dalë jashtë jorganit, duke i shtuar një detaj më rrëqethës përfytyrimit tim. Pas pak, për fatin tim, plaku filloi të gërhiste, gjë që më ndihmoi t'i largohesha idesë se po flija me një kadavër.

M'u kujtua ai përfytyrim poetiko-erotik që kisha ndërtuar në imagjinatën time, për mënyrën se si do ta kaloja atë natë dhe nga ndeshja e këtyre dy realiteteve gati sa nuk m'u zu fryma. Gjithë fajin ia lashë të dashurës dhe vazhdova ta ngushëlloja veten me idenë se, një natë të tillë, pavarësisht vuajtjeve të mia, ajo e kishte merituar plotësisht. Imagjinova se në të njëjtin hall ishte edhe ajo. Në vend që të shtrihej pranë meje, qe pranë një plake të kërrusur, e cila, duke mos pasur kohë të lahej, sigurisht që kundërmonte erë bagëtish. Parfumi i të dashurës nuk mund ta mbyste erën e rëndë të jashtëqitjes së derrave, pulave dhe lopëve. Befas u mora erë çarçafëve të mi dhe, përkundër asaj që prita, ndjeva se u vinte një eromë e thellë sapuni; qenë pothuajse të rinj dhe të freskët nga pastërtia. Kjo gjë më kënaqi dhe urova që të njëjtin fat ta kishte edhe e dashura ime. Pastaj mendova se si qe zhveshur ajo, me ato farë breçkash, që mezi i shquheshin, si do t'ia kishte bërë për të larë dhëmbët e si ishte ndjerë pranë frymëmarrjes së plakës. A po mendonte për mua, apo ia kishte krisur gjumit?

Në anën tjetër të globit, në pjesën e errët të tij, flinte e dashura ime bashkë me një plakë të kërrusur. Unë nuk do ta shihja derisa toka të bënte një gjysmë rrotullim rreth vetes, gjysmën e tij të madhe, pasi netët në shkurt janë të gjata. Plaku filloi të gërhiste edhe më gjëmshëm. Përjashta era u ashpërsua shumë.

Një llamarinë në çati kuiste egër. Edhe kafshët nëpër stanet e tyre në oborr filluan të shqetësoheshin. Qentë s'pushonin së lehuri. Nga larg dëgjoheshin rënkimet e kënetës. Dikur, drita e llambës së vajgurit dha shpirt. Duke parë vetëm prushin që mbeti mbi fitil edhe për njëfarë kohe i ndezur, m'u duk se më zuri gjumi. Pashë në ëndërr sikur po i paketoja të dashurës një ëndërr. Dhuratë për Shenjtin Valentin. Pakon me ëndrrën e mbështjellë ia dorëzova flokëhëntit dhe ai më tha se ishte i detyruar që, para se t'ia dërgonte të dashurës sime, t'ia jepte nënës së vet. Pastaj pashë plakën në anën tjetër të globit, që flinte me të dashurën time. Ajo mori nga i biri kutinë e ëndrrës, ndezi një llambë vajguri, të cilën e vuri më pranë vetes, dhe filloi ta griste letrën me ngjyra që e mbështillte. Kutia filloi të kërciste nga shtrëngimi i kërcinjve të saj të thatë, si shtaga. M'u duk se ëndrrës po i zihej fryma nga ata gjunjë kalthadër, po i thernin brinjët e buta. Plaka vonoi shumë ta hapte. Gishtërinjtë i dridheshin. Së fundi, kutia mbeti lakuriq, ajo e hapi dhe prej saj ranë mbi çarçafët e bardhë... disa pika gjaku!

Më doli gjumi. Nuk po përmblidhesha dot se ku ndodhesha. Qentë po lehnin në oborr. Edhe plaku qe zgjuar e po ndizte oxhakun. Drita e mëngjesit po përbironte përmes perdeve.

- Fli edhe pak, se herët është! Të paktën sa ta ndez zjarrin! - tha ai, kur më pa që hapa sytë.

Mbulova edhe njëherë kokën me mbulesën e trashë. Kisha fjetur mirë. Ndjehesha i çlodhur. Ëndrra që pashë kishte lidhje me zhvirgjërimin e shpresuar të së dashurës sime, meskinitetin dhe vogëlsinë time.

Isha larguar nga Tirana, nga hotel "Dajti" dhe sheshi para Komitetit Qendror, ku tashmë qe vendosur demokracia, dhe kisha ardhur në këtë fshat të fshirë nga hartat moderne, për të festuar natën e Shenjtit Valentin, priftit që bekonte fshehurazi martesat mes të rinjve të Romës, dhjetëra shekuj më parë, gjë që i kishte kushtuar jetën. Po ta dinte at Marku qëllimin e vizitës sime, a do më kishte ftuar të shkoja në kishë? Po ta dinin këta njerëz pse kisha shkuar vizitor në shtëpinë e tyre, si do më gjykonin? Do lutesha te kisha e at Markut që Zoti të ma falte vogëlsinë, egoizmin dhe mendjelehtësinë. Po më dukej sikur ajo natë më kishte kthyer në një perandori tjetër, në atë të besimit, të thjeshtësisë, përunjtësisë njerëzore. Nuk e kisha njohur më parë, por edhe kur kisha parë shfaqje të saj, i kisha shpërfillur, qeshë tallur me to. Kisha frikë të besoja. Ditën që kisha humbur besimin tek udhëheqësi dhe partia, qeshë betuar të mos i besoja kurrë më askujt. Ata, edhe komandanti, edhe partia, e kishin tradhtuar besimin tim, besimin tonë. Ne i ndoqëm verbërisht drejt humnerës ku na dërguan. Por vendimi im, për të mos besuar askund, atë natë u lëkund.

Ndjeva derën që u hap, zërin e plakës, pastaj edhe të "gruas" sime, që po i uronte plakut mëngjes të mirë.

- Mirëmëngjes, bija ime! A fjete mirë?

- Mirë, shumë mirë! - u përgjigj ajo.
Largova mbulojën nga koka dhe përshëndeta plakën. Ajo ma ktheu me ëmbëlsi. "Gruaja" m'u ul pranë. Pleqtë dolën të merrnin dru për zjarrin dhe veglat e kafes.

- Faleminderit për surprizën, i dashur! Do mbetet Shenjt Valentini më i paharruar në jetën time! - tha ajo me një sinqeritet prekës, duke më puthur.

U ngrita dhe u vesha. Ndjehesha më i lehtësuar. Dita qe me diell...!

* * *

Vite më vonë, kur zonat ushtarake qenë rrënuar përfundimisht, kur s'kishte më zona të ndaluara, e gruaja ime (kësaj radhe e shkruajta pa thonjëza) dhe unë e festonim Shën Valentin herë në Romë, herë në Paris apo në Venecia, i jemi kthyer sa e sa herë kujtimit të asaj mbrëmjeje. Flokëhënti, akoma nuk e di se sa mirënjohës i jemi. Ai iku nga Shqipëria, siç bënë mbi një milion të tjerë. Nëse ndonjëherë e lexon këtë tregim, ndoshta do më shkruajë. Me këtë shpresë i kërkova botuesit të mos ma heqë adresën e-mail nga libri.

* * *

- Mendoj se autorët duhet të jenë bujarë. Siç je treguar ti në këtë tregim. Je përkujdesur për personazhet; ata kanë personalitetin e tyre, detaje që i veçojnë, i bëjnë të ndryshëm. Bëhet vërtet fjalë për një histori dashurie, edhe pse duket sikur është zhvendosur në vend të dytë. Refleksionet mbi botën janë njerëzore, personazhi kryesor ndryshon gjatë rrjedhës së tregimit, bëhet më i bukur. Kjo është gjë e mirë, anipse nuk është gjithmonë e domosdoshme. Po, për t'ju kthyer edhe njëherë bujarisë së shkrimtarit, mendoj se një pjesë e madhe e pasionit që ka humanizmi për letërsinë, mbështetet pikërisht te kjo vlerë e autorëve të saj më të shquar. Imagjino sikur Homeri të ishte treguar më racional e më i kursyer në përshkrimet e tij. Sa e gjymtuar do ishte imagjinata jonë për atë kohë! E njëjta gjë mund të thuhet edhe për Servantesin. Kam lexuar një punim diplome të një shkrimtari letonez, emri i të cilit më ka dalë nga mendja. Ai merrej me dekodifikimin e teksteve të autorëve perëndimore, për të krijuar me imagjinatë krejt dendësinë e jetës së njerëzve në perëndim, njerëzve të lirë, siç i quante ai. Kishte gjetur në Norvegji, në një bibliotekë, dorëshkrimin e një studiuesi vendas, i cili fliste se si shërbimet sekrete perëndimore përpiqeshin të ndërtonin një tablo të jetës në anën tjetër të perdes së hekurt, duke lexuar autorët e tyre të përkthyer në perëndim. Është si të shkruash sot në "Google earth" një adresë e të kërkosh të shohësh si duket ajo rrugë, çfarë gjerësie, bimësie, biznesesh ka etj., - saktësoi Luiza. - Një detaj më ka mbetur në mendje, se si lexuesit letonezë përpiqeshin të numëronin klubet ku pinin pas punës në garazh, personazhet që përshkruhen te romani

"Tre shokët", i Remarkut. Dikush gjente tridhjetë e tre, dikush më pak; ngatërresat kryesore vinin pasi rrëfyesi, Roberti, i ngatërronte vendet, pasi ishte i dehur.

Ndërsa dëgjoja këtë shpjegim, me mendje ika larg, shumë larg. Në kohën kur përmes letërsisë, poezisë kryesisht, mundohesha të krijoja një imazh, një ide mbi atë pjesë të atdheut që ndodhej në anën tjetër të kufirit. Të njëjtën ndjesi kisha provuar vonë në gjimnaz, kur përmes disa librave të letërsisë amerikane, botimi i të cilëve lejohej në Shqipëri, krijonim imazhin e Amerikës. Martin Iden, bie fjala, një vepër e Xhek London. Qesha. Më pëlqeu ideja që përmes "bujarisë sime si autor", kisha mundur të sillja në vëmendje të bashkëbisedueses sime atë Shqipëri të mjerë, gjithsesi të gjallë dhe shpërthyese.

Nata kishte hedhur perden e saj të errët, të plotë. Picat u ftohën. Ajo vazhdoi leximin. Kishte krijuar një hije autoriteti mbi mua, më dukej vetja si nxënës, që pret përgjigjen e provimit nga një mësuese e rreptë. Fati im i keq qe se ajo më pati folur shpejt për filmat pornografikë, për "drugs problems and so on". Qysh në fillim e kishte zbritur vetveten nga panteoni i europianoveriorëve, të mbyllur, të ftohtë, enigmatikë. S'kishte asgjë enigmatike si grua. Kishte studiuar letërsi, kishte ndjekur ëndrrën e saj, i dashuri i qe arrestuar gabimisht nga forcat e koalicionit në Pakistan, qe dërguar në Abu-Grab, pati vdekur nga torturat duke shkruar një fjali rrëqethëse:

"Dashurinë për ty s'ma marrin dot". Pas kësaj, ajo kishte përfunduar në një klinikë rehabilitimi nga drogërat në Zvicër. Tashmë banonte në një shtëpi mbi kodrinë, me kopsht, papagall dhe një dhomë ku bënte masazh indian. Por prapë se prapë, të gjitha këto, nuk i prishnin punë autoritetit të saj. Ajo po jepej me mish e me shpirt pas leximit të librit me tregime; kishte bërë të njëjtën gjë edhe me romanin. Nënvizonte fraza, bënte grimasa mospëlqimi dhe lëshonte ohe kënaqësie kur kalonte përmes copëza tregimesh që i pëlqenin. Ndërkohë kishte nisur të lexonte:

Gratë heroike hidrocentralase

Në moshën njëzetepesëvjeçare, Chun Li, saldator kinez i precizonit të lartë, u thirr në zyrën e komitetit dhe iu tha se do shkonte tri vjet në Shqipëri. Kantieri ku punonte në Shangai, po përfundonte, ndërkohë që në veri të Shqipërisë po ndërtohej një hidrocentral. Udhëtimi për në vendin e vogël socialist të Europës zgjati tre muaj me anije, gjatë të cilëve ai u përpoq të mësonte shqip me dy studentë të sapodiplomuar në Kinë për inxhinieri metalurgjike, që po ktheheshin në atdheun e tyre.

Kur mbërriti në Durrës, kuptoi se shqipja e tij ishte në pikë të hallit. E morën bashkë me tridhjetë e dy specialistë të tjerë, i vunë në tre mikrobusë dhe i nisën për në Tropojë. Gjashtëmbëdhjetë kilometra larg kësaj qyteze malore, po ndërtohej vepra e madhe e dritës, siç e quanin nëpër gazeta. Muskuloz, me flokë pis të zeza, me një gjatësi trupore jo fort të zakonshme për kinezët e asaj kohe, prapë se prapë dukej i shkurtër krahasuar me vendasit. Këta të fundit, të gjatë, të bardhë e shumica me sy blu, dukeshin vërtet gjigandë krahasuar me kinezët trupimët. U pritën ngrohtë. Madje u organizua edhe një ceremoni me këngë dhe valle; gra e burra, që kërcenin të veshur me rroba plot ngjyra. U mbajtën fjalime, njerëzit duartrokitën, të rinjtë mbanin në duar portrete të kryetarit Mao, të udhëheqësit të tyre, dhe parulla mbi miqësinë e përjetshme që i lidhte dy popujt.

Kina quhej e Madhe, Shqipëria, quhej e Vogël. Chun Li-së nuk i qe dukur aq e vogël; rruga nga Durrësi deri në Tropojë kishte zgjatur katërmbëdhjetë orë. Vetëm nëpër Pukë, një qytet i ndërmjetëm mes Shkodrës dhe Tropojës, kishin bërë gjashtë orë. Puka dukej po aq e madhe sa Kina në sytë e saldatorit Chun Li. I vendosën në "Hotelin e Kinezëve", ashtu thirrej një ndërtesë trekatëshe, e ngritur aty ku bashkohej Drini me Valbonën, një vend i mrekullueshëm. Hoteli kishte komoditete të mjaftueshme. Ngrohje qendrore dhe dushe në çdo kat, dhoma dyshe, me mensë dhe një bar me pije alkoolike. Kishte edhe një sallë lojërash me dy tavolina ping-pongu, një bibliotekë me literaturë politike, në kinezçe e në shqip, ndërsa në oborr, një fushë të vogël basketbolli, që kinezët e përshtatën edhe si fushë volejbolli.

Dhoma ku qëndroi Chun Li kishte një dritare, që shihte andej ku bashkoheshin lumenjtë. Mbështetur në parvaz apo pranë saj e kalonte pothuajse gjithë kohën e lirë, pasi kthehej nga puna. Shkruante letra për familjen, bënte llogaritë e fitimeve dhe ëndërronte duke parë përzierjen e ujërave. Ngjyra e kristaltë e lumit të vogël malor përpiqej të mbijetonte sa më gjatë e ndarë nga turbullirat e Drinit. Mbijetesë e shkurtër. Në të kundërt, kur ujërat e turbullta të Valbonës derdheshin në ujërat e blerta të Drinit, ky i fundit i thithte më lehtë, më me durim, duke i besuar vetvetes, fuqisë së tij. Shumë kohë për ëndërrime Chun Li nuk kishte, pasi në hidrocentral punohej me tri ndërresa, treqind e gjashtëdhjetë e pesë ditë në vit. Ai vetë, pas mbarimit të ndërresës së tij, jepte kurse saldimi për nxënës shqiptarë, dy herë nga dy orë, gjë që e bënte ditën e punës dymbëdhjetëorëshe dhe kjo në një javë gjashtëditëshe e një javë shtatëditëshe. Kishte vetëm dy të diela të lira në muaj. Nuk qe ndonjë sakrificë e madhe kineze; Chun Li ishte i ndërgjegjshëm. Ashtu punonin të gjithë. Të paktën ashtu qe rregulli. Kishte marrë disa urdhra pune, medalje, stema sulmuesi, të cilat i varte në xhaketë mbrëmjeve, kur jepte kurse saldimi. Katërmbëdhjetë saldatorët e parë që mbaruan kursin, punonin tashmë me të natë e ditë në saldimin e tubave të mëdhenj të shkarkimit. Në grupin e dytë, për habinë e tij më të madhe, kishte edhe dy vajza: njëra quhej Nora dhe tjetra Lirika. Nora qe flokëverdhë, e druajtur, faqerozë. Lirika ishte si zjarr, fliste e lëvizte gjithë kohën, vinte nga Lushnja. Shqipja e Chun Li nuk kishte mbetur më me ato fjalë të kufizuara të mësuara në anije; tashmë ai përpiqej të dallonte ndryshimet mes të folmes së veriorëve dhe asaj të të ardhurve vullnetarë nga Shqipëria e Mesme dhe e Jugut. Qoftë edhe ato ndryshime gjuhësore e kishin bindur Chun Li se Shqipëria s'qe një vend aq i vogël. Hartat që e paraqisnin sa grima në brigjet e Adriatikut, mund të ishin të gabuara! Ai i kushtonte shumë vëmendje kurseve që jepte. Shpjegonte me detaje natyrën e metaleve. Kjo qe njohja më e rëndësishme për të bërë zgjedhjen e duhur të elektrodave, të largësisë së mbajtjes së pincetës, rregullat e sigurimit teknik dhe të shmangies së aksidenteve, që mund të ishin vdekjeprurëse. Ai hark elektrik që krijohej mes objektit që saldohej dhe elektrodës në majën e pincës, ishte me rrezikshmëri të madhe. Pastaj burimi i dritës që krijohej, kishte fuqi verbuese. Kujdesej për mbajtjen e maskës, dorezave, këpucëve izoluese, kujdesej gjatë ndërrimit të elektrodave, në kohë lagështire e në terrene të rrëshqitshme për tubat e stërmëdhenj, që vinin çdo ditë nga Kina dhe futeshin nëpër tunelet e shkarkimit.

Nga fundi i vitit të tij të parë të punës si saldator dhe instruktor saldimi, një ekip i televizionit kinez, së bashku me dy-tre kineastë shqiptarë, bënë një dokumentar dhe një portret për të. Një artikull me foton e tij u botua në gazetën "Puna" dhe një tjetër në gazetën "Zhenmin Zhibao", në Kinë. Copën e vogël të artikullit të botuar në Kinë, ia dërguan prindërit me postën e pranverës. Letra e nisur në mars, i erdhi në fund të qershorit. Ai e vendosi në një kornizë në dhomën e tij, së bashku me artikullin e botuar te gazeta "Puna". Kjo e fundit kishte botuar një foto, ku Chun Li u shpjegonte dy vajzave shqiptare, Norës dhe Lirikës, funksionimin e gjeneratorit elektrik trifazor, që përdorej si burim energjie për saldim. Kryet e tij me flokë të zinj, qe anuar lehtas nga ana e Norës, e cila ia kishte ngulur sytë instruktorit të saj. Në krahun tjetër dukej Lirika, që mbante në dorë një skemë teknike të gjeneratorit. Poshtë fotografisë shkruhej: "Çast pune. Specialisti kinez, shoku Chun Li, u shpjegon gjeneratorin trifazor shoqeve saldatore Nora M. dhe Lirika K.". Dokumentarin e përgatitur, Chun Li nuk e kishte parë, por nga Kina i shkruanin se qe transmetuar edhe në televizionin shtetëror kinez. Gazeta u vendos për disa ditë edhe në këndin e emulacionit në qendër të qytezës.

Një ditë, gazeta u zhduk. Në vend të saj qenë shkruar këto fjalë: "Kurvat çajnë bllokadën, Partia i farkëton ato!". Pak njerëz i panë ato fjalë, pasi e gjithë Dega e Brendshme, me specialistë nga Tirana, zbriti në qytezë. Pasi u fotografua, parulla armiqësore u dërgua për ekspertizë në Tiranë. Madje edhe në Pekin. Qe si të lypje gjilpërën në kashtë. Në hidrocentral, në atë kohë, punonin rreth dhjetë mijë vetë. Sipas rregullave, fillimisht u morën dhe u hetuan dorëshkrimet e të gjithë atyre që qenë me biografi shumë të keqe. Pastaj të atyre me ndonjë cen të vogël, por udhëheqësi sapo kishte zbuluar se armiku mund të fshihej edhe në vetë gjirin e partisë. Ndaj nuk u kursye askush. Të gjithë banorëve dhe punonjësve të hidrocentralit iu kërkua të shkruanin në dy gisht letër frazën e gjetur në vendshpalljen e gazetës "Puna" dhe, pasi ta nënshkruanin, t'ia dërgonin shefit të kuadrit ose punëtorit operativ të sektorit.

***

Marrëdhëniet shqiptaro-kineze po merrnin një goditje të rëndë. Hidrocentrali qe në përfundim e sipër, por kinezët akoma nuk kishin sjellë një numër të rëndësishëm makinerish, që do bënin të mundur inaugurimin e tij. Në vend të tyre sollën një delegacion të madh për t'u marrë me hetimin e detajuar të incidentit moralo-politik që kishte ndodhur.

Mbledhjet e pafundme zhvilloheshin ndaras; rezultatet nuk i komunikoheshin as Drejtorisë së Hidrocentralit, as Komitetit të Partisë. Procesverbalet dërgoheshin direkt në Komitetin Qendror të PKK-së në Pekin, përmes mjeteve të ambasadës së tyre në Tiranë. Ambasadori kinez strehohej prej javësh në Shtëpinë e Pritjes në kodrën përballë Degës së Punëve të Brendshme. Çdo mëngjes Xing Fu-ja e tij e zezë nisej për në hidrocentral. Puna e specialistëve qe ndalur, por vazhdonin natë e ditë mbledhjet për të gjetur shkakun që kishte çuar në një incident të tillë të rëndë moral e politik. Në fund të hetimeve, në një komunikatë të shkurtër transmetuar nga ATSH-ja, që i referohej agjencisë kineze "Xinhua", u tha se delegacioni hetimor i PKK-së nuk kishte gjetur asgjë, asnjë kinez nuk ishte shkaktar i atij provokacioni dhe se incidenti i pëshpëritur ishte një përpjekje e revizionistëve dhe armiqve të aleancës shqiptaro-kineze, për të prishur marrëdhëniet mes dy popujve dhe partive komuniste. Me kaq kjo punë do mbyllej. Të dyja partitë ishin të kënaqura nga rezultati i hetimeve. Ambasadori kinez iku nga Vila e Pritjes në drejtim të rezidencës së tij në Tiranë. Chun Li dhe një grup kinezësh u transferuan në një vepër tjetër të rëndësishme.

Vetëm pas disa javësh u fol rreth një letre miqësore që PPSH-ja i kishte dërguar Partisë Komuniste të Kinës, përmes së cilës i kërkonte shpjegime për disa vonesa në dorëzimin në afat të makinerive dhe pajisjeve të domosdoshme për përfundimin e punimeve në disa vepra të atij pesëvjeçari. PKK-ja, në përgjigjen e saj, kishte përmendur disa vështirësi burokratike dhe disa të tjera që lidheshin me transportin apo importin e makinerive që porositeshin në vendet kapitaliste. Me kaq u mbyll. Këngët kineze dhe ato shqiptarë buçisnin në zërritësat e vendosur kudo, në të katër anët e kantierit gjigand të hidrocentralit.

* * *

Një mëngjes, pas disa javësh, kur Nurie K. hapi

derën e zyrës së kuadrit, ku punonte si shefe e plotpushtetshme e mbi dhjetëra njerëzve, gjeti një letër anonime, me shkronja të shkëputura nga gazetat e të ngjitura me zamkë në një fletë fletoreje:

"Nora M. është vërtet kurvë, por jo e farkëtuar nga partia. Atë e ka farkëtuar familja e saj reaksionare. Ajo ka një xhaxha të arratisur, me familje të internuar prej vitesh. Edhe nëna e saj vjen nga një familje me qëndrim moralo-politik armiqësor. Burimet e mia e kanë parë me sytë e tyre duke u puthur me kinezin e saldimit".

Nurija e vuri letrën në sirtarin e tavolinës. U ngrit të bënte një kafe në furnelën elektrike, që mbante në zyrë. Kishte lexuar me qindra herë letra nga ato. Kishte hetuar vetë, por edhe kishte kërkuar ndihmën e organeve të specializuar, me të cilat bashkëpunonte ngushtësisht. Shumëkush e kishte paguar shtrenjtë. Shpesh edhe me jetë ose me burgime të gjata. Por atë ditë vendosi të mos nxitohej. Ajo ishte në vendin e duhur për të kuptuar më mirë se sa anonimshkruesi që gjërat ishin më të thella sesa një puthje me kinezin. Ndjehej e shqetësuar. Në Plenumin e fundit të Partisë së rrethit qenë lexuar të dyja letrat e shkëmbyera mes partive komuniste. Në to kishte nota nervozizmi, që nuk buronin thjesht nga lëvrimi apo jo në kohë i makinerive të premtuara. Diçka më e thellë, një përplasje e re ideologjike po shfaqej në horizont. Përveç partisë, Nurija kishte edhe një burim tjetër të rëndësishëm informimi, vëllain e saj që punonte në zemrën e Sigurimit, në Drejtorinë e Tretë, siç quhej. Herën e fundit që e kishte takuar, ai i kishte folur me pesimizëm për ardhmërinë e marrëdhënieve shqiptaro-kineze. Nurija qe shqetësuar shumë, sidomos kur ai, në intimitetin e natyrshëm mes motrës e vëllait, i kishte thënë: "Do bëhemi gazi i botës! Do mbetemi të vetmuar si qyqet. E njëjta histori si me jugosllavët, me rusët, tani edhe me kinezët. Ne s'kemi faj kurrë, veç të tjerët janë fajtorë!".

Nurija qe trembur, ia kishte mbyllur gojën të vëllait me autoritetin e motrës së madhe. Qenë rritur jetimë të dy. Prindërit e tyre qenë vrarë gjatë luftës në një aksion gueril kundër gjermanëve. Partia i kishte rritur e edukuar, u kishte dhënë punët që meritonin. Duhej t'ia dinin për nder, t'i rrinin besnikë deri në vdekje. I vëllai s'kishte folur më. E kishte shoqëruar të motrën nga dera e Ministrisë së Brendshme deri te stacioni i autobusëve të veriut, pranë hotel "Drinit". Gjatë gjithë rrugës së kthimit, ajo e kishte bluar në mendje atë bisedë. "A thua vërtet po gabonte partia, apo vëllait të saj i qe rritur mendja dhe verbuar sytë nga privilegjet e një oficeri të lartë të sigurimit?". Më tepër e tmerronte frika se mos i vëllai shprehej ashtu edhe me të tjerët. A nuk kishte thënë së fundi ai i madhi, se armiku mund të fshihej edhe në gjirin e partisë? Pak kohë më parë qenë zbuluar grupet armiqësore në ushtri, në Ministrinë e Brendshme. A mos ishte i vëllai një prej armiqve, mbetur pa spastruar? Iu rrëqeth mishi. Ajo e dinte më mirë se kushdo se çfarë do të thoshte spastrim i armiqve. Kishte qenë vetë disa herë në krye të atyre fushatave, anipse në nivel lokal, larg, në periferi të shtetit.

Nxori edhe njëherë letrën anonime nga sirtari dhe e lexoi nga e para. Do t'i duhej të bënte diçka. Të mblidhte më shumë të dhëna rreth Norës, gruas së bukur saldatore, e cila kishte dalë në foto me kinezin Chu. Në atë foto ishte edhe një vajzë tjetër, Lirika. Vendosi ta thërriste në zyrë e të bisedonte me të. Dërgoi dikë t'ia gjente. Pas dy orësh ia sollën në zyrë. Ajo i bëri kafe gruas, e cila s'pushonte së foluri me këmbë e me duar. Pa e pyetur, i tregoi një për një se si shkonin punët në brigadën e saldimit, foli për vështirësitë që po hasnin herë pas here, se si përvoja e shokut Chu kishte qenë e domosdoshme e që brigada po ia dilte.

- Po Nora M., si i ka punët?

- Ajo është grua dhe punëtore e dalluar, shoqja Nurie. Por më duket se do ta transferojnë në superfosfat ose në rafinerinë e Ballshit. Kështu kemi dëgjuar të paktën. Pas atyre fjalëve armiqësore që u shkruan te këndi i emulacionit, shumë kush e shikon si fajtore.

- Ajo nuk është fajtore, shoqja Lirika. Nëse e transferojnë në Laç apo në Ballsh, ajo i përgjigjet thirrjes së Atdheut: "Të shkojmë e të punojmë atje ku ai ka më shumë nevojë". Ashtu siç ke bërë ti, që ke ardhur nga Lushnja në mes të këtyre maleve! Por ajo nuk do transferohet askund. Në këtë kantier merrem unë me emërimin, shkarkimin apo transferimin e njerëzve.

- Faleminderit, shoqja Nurie! Nuk di si t'jua shpërblej për këto fjalë e konsiderata pozitive. Është e vërtetë që do t'i përgjigjemi thirrjes së Partisë dhe Atdheut me përgjigjen tonë të vetme e të njëzëshme: "Gjithmonë gati!", - tha e u ngrit në këmbë, me grushtin tek tëmthi, siç bënin pionierët çdo mëngjes, para fillimi të mësimit.

Dy gratë mbetën të heshtura për një çast, nën vështrimin e ngrohtë të portreteve të dy udhëheqësve të mëdhenj të komunizmit botëror. Ajo zyrë me hekura në derë dhe në dritare, me një kasafortë çeliku dhe rafte hekuri, ku dergjeshin qindra dosje "pune" të kuadrove kryesorë të hidrocentralit, dukej një fole e sigurt e socializmit shqiptar. Shoqja Nurie deshi t'ia lexonte letrën anonime Lirikës, por befas u ndal. Nuk e njihte sa duhej gruan, që dukej sikur po bënte një sakrificë mbinjerëzore tek rrinte ulur pa thënë asnjë fjalë.

- Shoqja Lirika! Ne gratë e hidrocentralit duhet të bëjmë diçka, diçka të madhe në ndihmë të Partisë. Partia ka nevojë për iniciativën tonë, për iniciativën revolucionare të masave!

Lirika sa nuk fluturoi nga gëzimi. U duk sikur provoi një orgazmë të thellë, çliruese, një tërmet hormonal me fuqi ripërtëritëse. Fytyra e saj u ndez nga emocioni. Partia po i kërkonte mobilizim të thellë të besnikërisë. Kaq e përfshirë dukej në atë përvëlim të brendshëm, sa që s'po i lidhte dot fjalët, goja iu ndry!

Veç duart, këmbët, kokën, qerpikët, qafën i lëvizte pa pushim. Nga ana tjetër e tavolinës, Nurie K. dukej e humbur në mendime. Profili i saj në kuadratin e dritares së mbushur me hekura, dukej si ai i ndonjë gruaje revolucionare të burgosur. Flokët e gjatë e të zinj i zbrisnin supeve. Sytë gjysmë të mbyllur, i jepnin portretit të saj diçka nga ai i grave heroina kineze. Nga ato që shiheshin nëpër ilustrimet e revistës "Kina sot". Nga jashtë hynte zhurma e makinave të mëdha vrumbulluese. Nurie K. nxori nga sirtarët listat e pafund të grave të hidrocentralit. Ato punonin kudo, që nga galeritë dhe gurorja, deri te mensat, kopshtet dhe shkollat. Bëheshin disa mijëra. Disa qindra prej tyre, Nurija i njihte personalisht. Biseduan kokë më kokë me Lirikën për disa orë. Pastaj thirri në zyrë daktilografisten dhe i kërkoi të shtypte në një makinë shkrimi emrat që do t'ia diktonte. Në mbrëmjen e asaj dite, një listë e gjatë me emra u përpilua në dy kolona: "Gra nga Veriu", në njërën anë, dhe "Gra nga Jugu" në tjetrën. Një kopje të listës e mori Lirika me vete, së bashku me instruksionet e detajuara të iniciativës. Ditët në vazhdim, Lirika në njërën anë, e në tjetrën Nurija, herë në makina rasti e herë në një veturë të vjetër të Drejtorisë së Kuadrit, kaluan nga një kantier në tjetrin, nga një ndërresë në tjetrën, për të takuar të gjitha gratë e listës. Atyre u kërkohej thjesht të firmosnin për një iniciativë të rëndësishme të Partisë dhe Organizatës së Bashkimit të Grave të Hidrocentralit.

* * *

Edhe atë 1 tetor, fëmijët e shkollave kënduan në shqip dhe në kinezçe këngën "Horizontet e kuqe" dhe morën si shpërblim nga një stemë me portretin e kryetarit Mao. Pak javë më vonë, në kongresin e fundit, udhëheqësi foli hapur kundër "Teorisë së tri botëve", që u pëlqente aq shumë kinezëve. Kinezët, si ta kishin kuptuar se trushkuluri që udhëhiqte vendin e vogël europian, ushqehej nga zemërimi i tjetrit, nuk i përgjigjeshin fare. Madje, ambasadori i tyre në Tiranë nuk e kishte përcjellë fare në Pekin, letrën pesëdhjetë e gjashtë faqëshe. Ajo iu shpërnda diplomatëve të huaj, fillimisht në Beograd.

Njerëzit filluan të zemëroheshin me Kinën. Një prej tyre, i cili e kishte marrë fort për zemër e me shumë vrull atë zemërim, qe edhe Mark Shabani, traktoristi, i cili punonte për vitin 2015. Ai u ngrit në një mbledhje të kolektivit të traktoristëve dhe tha:

- Do ta kthej traktorin në tank e do nisem drejt Pekinit nëse kinezët ma shajnë Partinë!

Fillimisht deshën t'ia merrnin si gabim politik, pasi në të vërtetë ishte partia ajo që po i shante kinezët dhe jo e kundërta, por ia dinin formimin shkollor Mark Shabanit, ndaj nuk ia morën për të madhe. Ai qe thjesht një punëtor pararojë. Nuk i njihte si duhej punët e thella të partisë. Gjithsesi, në mbrëmjen pas mbledhjes, Pjerin Shkodra e pyeti Markun:

- A mos e ke ngatërrue Pukën me Pekinin? Puka

ashtë matanë Drinit, Mark, jo Pekini!

Me disa gota rakie në klubin e Zonës B., e qetësuan Markun duke e bindur se për të shkuar në Pekin, i duheshin muaj e muaj lundrime mes detesh e oqeanesh, edhe pse ai nguli këmbë se, nëse Partia ia kërkonte, ai do shkonte përmes tokës, mespërmes Bashkimit Sovjetik.

Në mbrëmje, në kapanonet ku flinin, shkodranët ia treguan hartën Markut. Pasi e kishin marrë seriozisht shkodranët këtë punë, siç i merrnin edhe shumë punë të tjera të këtij lloji. Ata po luanin mendsh prej frike se mos Marku nisej natën dhe i vetëm drejt Pekinit. Ia treguan Murin e Madh dhe e pyetën:

- Si do ta kalosh Murin e Madh me traktor, Mark?

- Veç të më japë urdhër Partia, se deri në hanë shkoj me traktor!

Shkodranët nxorën kujin me Markun për disa ditë, ia bënin llogaritë e naftës që do harxhonte duke kapërcyer mijëra e mijëra kilometra. Me pesë kilometra në orë që ecte traktori, sipas gjasave, edhe po të kishte naftë boll, Mark Shabani do mbërrinte në Pekin pas trembëdhjetë vjetësh. Tanku-traktor do hynte në sheshin "Tien An Men" nga fillimi i qershorit të vitit 1989. Edhe vetë Markut iu duk pak vonë, ndaj po gatitej me e braktis idenë e tij.

- Ndoshta mbërrin edhe në maj, o Mark? Një muaj para! Bëje provë!

Pjerini dhe shkodranët nuk qenë kundër idesë së Markut për ta pushtuar Pekinin. Madje i kërkuan atij vetëm një favor: t'ua merrte në traktor një bidon me mastiç e nja katër-pesë mijë pulla me pikë kamerdaret e biçikletave, pasi ata do ta shoqëronin me biçikleta gjatë gjithë rrugës.

- Jo, - tha Marku, - hoqa dorë!

Pjerini dhe shkodranët e tjerë morën frymë lirisht. Pekini nuk do pushtohej nga Mark Shabani. Nën avujt e alkoolit, tymrave e pluhurit, plani për pushtimin e Pekinit u fashit për pak kohë. Por, disa ditë më vonë, duke parë dëshpërimin e Markut, shkodranët, me në krye Pjerinin, i kërkuan Markut t'i bënte një "Fletërrufe" Kinës te këndi i emulacionit. Markut iu mbushën sytë me lot. S'dinte shkrim e këndim për të shkruar fletërrufe; traktorit vetëm dinte t'i jepte. Kina mbeti edhe pa fletërrufe.

Mbeti vërtet Kina edhe pa u pushtuar nga traktori i Mark Shabanit, edhe pa fletërrufe, por nga ana tjetër, shoqja Nurie dhe Lirika nuk iu ndanë për asnjë minutë planit të tyre. Me ato nuk bëhej shaka. Shoqja Nurie ndërhyri deri lart në Komitetin e Partisë që Nora e kinezit të fotografisë të mos transferohej. Ajo do rrinte në hidrocentral, pasi "kjo është vepra jonë, toka jonë", kështu u kishte shkruar atyre lart shoqja Nurie. Puna e Norës, fotografisë dhe incidentit me kinezin qe harruar atje lart, pasi gjëra shumë më të koklavitura po ndodhnin. Ideologjia e PKK-së nuk ishte e pastër si në krye të herës, si atëherë në Moskë, kur dy lumenjtë e pastër ideologjikë, lumi madhështor Jan Ce i Kinës dhe Drini i kthjellët i

Shqipërisë, u kishin shpëtuar ujërave të turbullta të Vollgës revizioniste.

Nora, me gjithë druajtjen e fillimit dhe pa e kuptuar krejtësisht se për çfarë bëhej fjalë, iu bashkua iniciativës së shoqes Nurie dhe Lirikës. Ajo vetë ua kërkoi firmat disa dhjetëra grave. Shoqja Nurie kishte vendosur që në iniciativën e saj të përfshiheshin të paktën tre mijë gra. Kur e kaluan numrin e një mijë firmave, ato vunë re se, pavarësisht faktit se gra kishte ngado, nuk qenë në numër aq të madh sa besohej. Në fund të përpjekjeve të tyre dymujore, ato morën përfundimisht rreth një mijë e treqind e dyzet e shtatë firma. Nuk qenë pak, por s'qenë as sa gjysma e atyre që kishte ëndërruar shoqja Nurie në fillim.

Nora, ndërkohë, i qe hapur shoqes Nurie. I kishte thënë se gjithçka kishte qenë një shpifje e ulët. Ajo e kishte respektuar shokun Chun Li, e kishte vlerësuar thjesht si një vëlla kinez, që i mëson vajzat shqiptare se si të saldojnë. Nuk e kishte parë kurrë Chun Li-në si burrë, si mëtues. Ani pse Chun Li ishte shtatëqind herë më i mirë se ai tjetri! Ajo e dinte se kush qëndronte pas atij trillimi të fëlliqtë.

Qe një djalë me emrin Sadik, nga i njëjti fshat, i cili i qe vardisur prej kohësh. I kërkonte me ngulm marrëdhënie. Nora e kishte refuzuar, pasi ai djalë vinte nga një familje në armiqësi të hapur me të sajën. Për shkak të asaj armiqësie, xhaxhai i saj qe arratisur. Shoqja Nurie e kishte në listat e bashkëpunimit Sadikun, e njihte me dhëmbë e dhëmballë. Por Sadiku kishte një lidhje të dyfishtë, punonte si informator edhe në shërbimin e jashtëm, pasi fliste ngapak anglisht. Domethënë vëzhgonte kinezët dhe specialistët e huaj. Kjo dyvarësi e Sadikut ia lidhte këmbët shoqes Nurie. Me ata që merreshin me agjenturat e huaja, ishte e vështirë të komunikoje, e pamundur të ndërhyje. Kishin protokolle të tjera, kode sjelljeje e fushë veprimi shumë më të gjerë, fuqi më të madhe. Ishin të paprekshëm. Ishin ajka e spiunazhit shqiptar, heronjtë e heshtur të atdheut socialist.

Sadiku qe spiun me koqe të mëdha, të mjaftueshme për t'ia prishur jetën edhe shoqes Nurie, le më Norës. Qe pikërisht ai Sadik që kishte pyetur Lirikën, se pse i duheshin ato lista me firma, por që e kishte mbyllur gojën kur ajo i kishte thënë se i mblidhte me autorizimin e shoqes Nurie.

Nurie K. kishte pasur frikë se mos iniciativa e saj dekonspirohej përpara kurorëzimit të saj me sukses, anipse ajo nuk qe prej atyre grave që dorëzoheshin lehtë. Para se të ishte shefe kuadri, ajo qe një grua komuniste, e rritur me sakrifica, grua që e donte partinë, jo për shkak të privilegjeve, por prej lidhjeve morale të thella dhe të forta, bazuar në mirënjohje. Kishte diçka arkaike në lidhjet e saj emocionale me partinë. Kjo e bënte një anëtare partie dhe shefe kuadri shumë të besueshme për partinë, por edhe shumë të afërt me njerëzit. Pasi akoma ishin të numërt ata që u besonin disa vlerave si dinjiteti, burrëria, mirënjohja, besa.

Koha punonte për tipa si Sadiku, kundër këtyre vlerave, por të mbyturit kapen edhe pas fijeve të barit, thoshte një shprehje e vjetër. Në kohën kur Nurija po kalonte në sitë të gjitha variantet se si mund ta mënjanonte Sadikun, ky u zhduk nga hidrocentrali në mënyrë shumë enigmatike. Dikush tha se e kishin dërguar në shërbimin diplomatik, dikush se e kishin infiltruar në gjirin e reaksionit në SHBA. U tha edhe se gjoja e kishin burgosur politikisht, për të spiunuar intelektualët që dergjeshin në Burrel. Nora e para dhe pas saj shoqja Nurie, u ndjenë të lehtësuara. Të paktën nuk do ta kishin më nëpër këmbë.

* * *

Anëtare e Plenumit të Partisë së Rrethit, shoqja Nurie informohej vazhdimisht mbi ecurinë e marrëdhënieve politike shqiptaro-kineze. Udhëheqësi ua kishte bërë të qartë si rrezja e diellit kinezëve. Nëse ata shkelnin mbi parimet e pastra të ideologjisë marksiste-leniniste, ata do merrnin të njëjtën përgjigje si revizionistët sovjetikë. Kinezët, si kinezët, vazhdonin punën e tyre, pa ua vënë shumë veshin këtyre kërcënimeve. Udhëheqësi u kishte dërguar letër pas letre, ku u shpjegonte me detaje se po shkelnin në dërrasë të kalbur. U kishte dalë hakut, u kishte thënë se vizita e kryeministrit të tyre në Rumani dhe në Jugosllavi, ishte një gabim i rëndë, pasi si Titoja, si Çaushesku, qenë në shërbim të imperializmit amerikan dhe të social-imperializmit sovjetik. Kinezët, ose nuk kuptonin shqip, ose ia bënin me kast këtij udhëheqësit të kalasë buzë Adriatikut. Jo veç që nuk i përgjigjeshin, por vazhdonin punën e tyre, të ngadaltë, por të sigurt, si përparimi i rërave të shkretëtirës së Gobit. Thua se rëra e asaj shkretëtire u kishte hyrë deri në veshë, i propozuan vendit tonë të përfshihej, së bashku me ta, në botën e dytë. Çka e habiste partinë në të vërtetë, qe se edhe pas kaq vjetësh marrëdhëniesh vëllazërore, kinezët akoma nuk e njihnin mirë Shqipërinë! Por as ne ata; deri edhe shoqja Nurie s'i kuptonte dot!

Ditën kur në gazetë doli, më në fund, deklarata e Partisë, që denonconte revizionizmin kinez dhe shpallte ndërprerjen e të gjitha marrëdhënieve politike, ekonomike, kulturore e vëllazërore me Kinën revizioniste, Nurija tha me vete se Shqipëria kishte lindur me këmishë! Ajo u gëzua pa masë që udhëheqësi e mori më në fund vendimin shpëtimtar. Tashmë gjithçka ishte e qartë si kristali. Kinezët mund t'i shanim sa të na kënaqej shpirti. Dhe ashtu ndodhi. Mark Shabanit ia shkruajtën të tjerët fletërrufenë dhe e nxorën te këndi i emulacionit. Marku rrinte gjatë gjithë kohës së lirë te këndi; numëronte njerëzit që ndaleshin aty dhe u lutej ta lexonin me zë të lartë. Disa e bënin dhe ai kënaqej. Shkodranët i kishin thënë Markut të linte mënjanë pesë lekë për çdo lexues. Ata mblidheshin në mbrëmje dhe ia numëronin. Mesatarisht, dyzet a pesëdhjetë vetë në ditë e lexonin fletërrufenë e Markut. Bëheshin rreth dyqind lekë. I pinin raki në darkë, duke ngritur në qiell talentin e Markut të tyre.

- Partia s'ka me ta harrue kurrë nderen dhe mbështetjen që po i jep, Mark! - i tha, duke e përqafuar Pjerin Shkodrani.

Marku ndjehej jo veç punëtor pararojë, por edhe i vlerësuar nga miqtë dhe shokët. Kjo duhej festuar e Mark Shabani ishte njeri bujar. Një mbrëmje u dehën me paratë e tij trembëdhjetë shkodranë, katër milotas apo laçjanë, dy tiranas dhe nja tre vetë nga Vurgu, që flisnin shqip në mënyrë shumë të çuditshme.

Ndërkohë, në të gjitha kolektivat e hidrocentralit punohej letra e partisë. Vinin instruktorë komitetesh me flokë të lëpira, tullacë, barkalecë, karkalecë, kalecë fytyrëshlyer e faqerozë - siç i përshkruanin mes tyre punëtorët ata që e lexonin komunikatën çdo mbrëmje, si të ishin folës të radio-televizionit. Ngazëllimi dhe dëshmitë për dashurinë ndaj partisë, që e kishte shpëtuar edhe njëherë marksizëm-leninizmin, s'patën të sosur. Drejtori i Pallatit të Kulturës së Punëtorëve lexonte vargje nga "Cikli i Kreshnikëve". Artistja e Popullit këndonte këngë me çelik të shkrirë, me armiq të rrafshuar, me kështjella graniti që ngriheshin të paepura brigjeve të Drinit dhe Adriatikut. Humoristë nga estradat i tallnin kinezët, ua kallëzonin vendin atyre revizionistëve të fëlliqur. Hartimet e nxënësve më të mirë lexoheshin nga mësuesit e letërsisë. Këngëve të vjetra për dashurinë mes popujve u ndryshoheshin vargjet, në vend të fjalës dashuri, vendosej urrejtje, në vend të fjalës paqe, shqiptohej luftë; Mao Ce duni, tashmë, s'ish më Luani i Azisë, por një bajloz i dalë nga deti i verdhë kinez e që po i sulej Shqipërisë së vogël si Bajlozi i Zi i Gjergj Elez Alisë.

Udhëheqësi ynë, Gjergj Elez Alia bashkëkohës, me Shqipërinë si motër, që qante mbi plagët e strategut të marksizmit, plagë të shkaktuara nga jugosllavët, sovjetikët e tashmë nga ish-vëllezërit kinezë, ngrihej nga zyra e tij në Komitetin Qendror, i armatosur me topuzët e mësimeve të pavdekshme të Stalinit, për ta bërë copë-copë bajlozin e verdhë kinez, që po shtrembëronte idetë e Leninit. Pastaj ca këngë e valle argëtuese, ca anëtarësime të reja në Parti, ca bashkëpunëtorë të GBV-së së sigurimit, ca fletë nderi, ca premtime për ta thyer bllokadën dhe rrethimin e egër, raki e dehje, gjumë e përulje. Një valë e re vullnetarësh iu bashkua hidrocentralit. Punëtorë krahu, që nuk ia kishin idenë se ku do të shkonin, të shoqëruar nga dhjetëra specialistë, si: tipografë, disenjatorë, zdrukthëtarë, instruktorë noti, agronomë, veterinerë, zooteknikë, trajnerë mundjeje e basketbolli, artist cirku, këngëtarë lirikë, tenorë, instruktorë pionierësh, kujdestarë konviktesh, revizorë, riparues çadrash e çelësash, inxhinierë nafte, bibliotekarë, dy arkeologë, një specialist arkivi dhe i numizmatikës, montazhierë filmi dhe aranzhues muzike, dy balerina dhe një shef orkestre, një berber nga Lapraka dhe dy kamerierë; një mijë e dyqind kandidatë partie nga i gjithë vendi vendosën ta bënin stazhin e pranimit në parti në hidrocentral.

- Specialistët kinezë le të shkojnë në të s'ëmës, bashkë me partinë e tyre revizioniste dhe ndihmat që i blinin me paratë e kromit tonë te kapitalistët austriakë e francezë. Hidrocentralin do ta ndërtojmë vetë. Pse, për disa specialistë e makina gjoja kineze do ta lëmë ne kryeveprën e dritës pa ndërtuar?

Ja, kështu u fliste Mark Shabani punëtorëve! Ata e dëgjonin traktoristin pararojë gjithë sy e veshë.

* * *

Nurija ndjehej e përzier. I kujtoheshin fjalët e të vëllait. I dridhej trupi nga një frikë e hollë kockathërrmuese. Por shpejt përpiqej të sillte ndërmend faktet se Partia kishte kaluar edhe herë të tjera nëpër vështirësi të tilla dhe kishte arritur të ecte përpara. Gjithmonë kishte gjetur miq të rinj, të mëdhenj e të fuqishëm. Nuk kishte arsye të shqetësohej. Lexonte çdo ditë gazetën e partisë dhe shihte entuziazmin popullor, që kishte shpërthyer në të gjithë vendin. Uniteti Parti-Popull dukej më i fortë se kurrë. Vendosi t'i drejtonte gazetës një peticion me të gjitha firmat e mbledhura të grave të hidrocentralit. Ajo ishte në të drejtën e saj, në të drejtën e një gruaje drejtuese, të partishme. Nga gjithkund i shkruanin gazetës, nga Gostili e nga Lapardhaja, nga Tragjasi e nga Zapodi. Ferma, kooperativa, furra buke, uzina, reparte ushtarake, shkolla, reparte riparim-shërbimesh, pastruese e intelektualë. Gjithë Shqipëria i shkruante letra partisë dhe udhëheqësit, ku i shprehin besnikërinë dhe mbështetjen e tyre për luftën e pakompromistë në mbrojtje të marksizëm-leninizmit. Udhëheqësi po e nxirrte Shqipërinë me faqe të bardhë para gjithë botës.

- Po na nxjerr ashtu siç jemi! - u thoshte Nurija punëtorëve. - Trima të paepur. Njerëz të pakompromistë, me parimet e shenjta.

Disa mbrëmje rresht, Nurija shkoi vonë në zyrë. Përfitonte nga qetësia e mbrëmjes për të shkruar letrën për gazetën. Një mbrëmje fillimdhjetori, thirri në zyrë Lirikën dhe Norën e ua lexoi:

"Ne gratë e paepura e revolucionare të hidrocentralit...".

Dy gratë e dëgjonin me vëmendje shoqen dhe udhëheqësen e tyre. Lirika mezi po priste fundin e letrës për të duartrokitur. Nora kishte ngulur sytë në stufën me dru, që brumbullonte në zyrën me hekura të shefes së kuadrit.

"...Kemi edhe fakte të tjera që shkojnë në favor të partisë dhe të qëndrimit të saj të drejtë. Kinezët, jo vetëm nuk iu përmbajtën vijës së drejtë, jo vetëm që sabotuan, nuk na i sollën ndihmat në kohë, por gjatë qëndrimit të tyre këtu, anipse ne i pritëm me ngrohtësi si vëllezër, ata, pa pikë morali komunist, tentonin të krijonin kontakte seksuale të dhunshme me gratë dhe vajzat tona. Të gjitha gratë e kësaj liste janë të gatshme t'i tregojnë partisë historinë e tyre. Rasti i shoqes Nora, saldatores së dalluar, nuk është i vetmi. Ata sollën një delegacion me treqind vetë, gjoja për ta zbardhur rastin. Në të vërtetë, bënë të kundërtën: zhdukën provat dhe dëshmitarët në mënyrë misterioze. Ja, këta janë kinezët, të cilëve partia dhe udhëheqësi ua treguan vendin në koshin e plehrave të historisë".

- Çka janë kontaktet seksuale me dhunë, shoqja Nurie? - e ndërpreu shefen e kuadrit Nora, fytyra e së cilës qe më e kuqe se teneqja e stufës së druve.

- Me ta marrë nderin me zor, Nora!

Nora ia plasi vajit. Dy gratë e tjera u përpoqën ta qetësonin. Dikur, pasi Nora filloi të merrte frymë më lehtësisht, pasi i ndërpreu dënesat e thella të brendshme, që ia copëtuan kraharorin, iu lut me përgjërim shoqes Nurie:

- Të lutem, shoqja Nurie, mos ma nxirr emrin në gazetë!

- Ma nxirr mua, shoqja Nurie! - tha Lirika. - Unë nuk e kam problem, veç t'i japim partisë argumente, që t'ua bëjë rup-sup kinezëve.

Shoqja Nurie bëri korrigjimin. Ia hoqi emrin Norës, por nuk ia vuri as Lirikës. Gjithsesi, këtë të fundit, e falënderoi për gatishmërinë. Atë mbrëmje, sekretarja e shoqes Nurie e shtypi letrën në dy kopje. Njërën e mbajti në zyrë, tjetrën, bashkë me listën e firmave të një mijë e treqind e dyzet e shtatë grave të hidrocentralit, e nisi në adresën e gazetës së partisë.

Vuri edhe një shënim poshtë: "Këto firma janë mbledhur në kohën kur donim t'i tregonim partisë se, po të ishte nevoja, ne, të gjitha gratë hidrocentralase, do ishim të gatshme të shkonim në shtrat me kinezët, veç që partia të kishte argumente kundër tyre. T'i akuzonte ata për imoralë!".

Ditët në vijim, ajo ngrihej që me natë dhe shkonte te kioska e vogël të blinte gazetën. Donte ta shihte e para letrën e vet të botuar në faqet e gazetës. Kaloi dy javë pritje të ankthshme, por letra e saj nuk u botua. Një mbrëmje, kur po dilte nga zyra, një grup burrash, mes të cilëve edhe Sadiku, i kërkuan të rikthehej në zyrë; duhej të bisedonin. Nuk folën shumë gjatë. E arrestuan në "emër të popullit". Në gjyqin e hapur, ajo u akuzua për agjitacion e propagandë, për përpjekje për të rrëzuar pushtetin popullor përmes mbledhjes së firmave dhe organizimit të peticioneve kundërrevolucionare. U dënua me njëmbëdhjetë vjet burg. Mes dëshmitarëve qe edhe Lirika. Nora jo. Ajo nuk punonte më në hidrocentral prej javësh.

* * *

Në vitin 1994, kur Shqipëria nuk shante më askënd në botë, veç veten, Chun Li hapi një dyqan në Tiranë në rrugën "Bajram Curri", diku mes "Medresesë" dhe "Selvisë". Në një tabelë të vogël të kuqe, me xham sipër, kishte ekspozuar dy foto: një të botuar te gazeta "Puna" dhe një tjetër me ngjyra, botuar te gazeta "Zhenmin Zhibao". E njëjta foto. Chun Li mes dy saldatoreve hidrocentralase. Blerësit i shihnin fotot dhe flisnin shqip me të. Ai u shiste fishekzjarrë, valixhe, lule artificiale, statuja të Budës, dragonj me ngjyra.

Një ditë, në dyqanin e tij u ndal një grua e moshuar, thatime dhe flokëthinjur. I këqyri me vëmendje fotot dhe u mundua të bënte lidhjen mes shitësit thatim e trupgjatë kinez, me portretin e saldatorit të ri Chun Li. I njëjti qe, veç një çerekshekulli më i moshuar.

- Ju jeni shoku Chun Li? - iu drejtua ajo shitësit kinez.

- Po shoqe, unë jam! - tha ai i habitur, që dikush po i drejtohej me atë fjalë të dalë mode.

- Unë i njoh gratë me të cilat ti ke dalë në foto!

- Vërtet? Ku ndodhet Nora?

Ish-shoqja Nurie duket e priste reagimin e tij.

- Nora ndodhet në Shqipëri, ka kaluar disa vite internimeve. Tjetra ka ikur në Amerikë.

- Lirika në Amerika?

- Po! - qeshi Nurija, - Lirika Amerika, ndërsa Nora jeton e vetmuar në Qytetin Studenti.

Chun Li mbylli shitoren dhe u nisën bashkë drejt Qytetit Studenti. Rrugës, Nurie K., i tregoi për ngjarjet që kishin ndodhur, për jetën e saj dhe të shoqes së saj, Norës, të cilën e gjetën te stolat përballë stacionit policor, në qendër të Qytetit Studenti. Të nesërmen, një tricikël me rimorkio, i tipit kinez, mori rrangullat e Norës dhe i transferoi në një apartament në bulevardin "Bajram Curri".

Mbrëmjeve, ata ulen të dy në një minder të vogël dhe, prej një lexuesi disqesh, shohin regjistrimin e reportazhit të televizionit kinez për shokun Li, ku herë pas here shfaqet edhe Nora, Lirika dhe gjithë ish-nxënësit e tij saldatorë.

- Kohë e poshtër, por të paktën ishim të rinj! - rënkon Nora, teksa ngrihet të përgatisë çajin e zi të pasdarkës.

Ajo edhe sot e kësaj dite jeton me Chun Li, duke i vënë një kapak floriri historisë heroike të bashkimit, dashurisë, urrejtjes dhe ndarjes shqiptaro-kineze.

* * *

- Si është jeta e njeriut! Lidhemi me një foto, me një kujtim! Do kisha preferuar që saldatori yt të ndërmerrte një udhëtim drejt hidrocentralit. Shkretimnaja e një kantieri të braktisur do përbënte mbylljen më të bukur për tregimin. Kjo është thjesht një këshillë, por t'i bëj si të duash! - më tha Luiza.

Mendova se kishte të drejtë, por ajo mbrëmje me çaj kinez, në një apartament të zhubravitur të Tiranës, i jepte tregimit tim një lloj paqeje. Rikthimi në hidrocentral, jo se s'më kishte shkuar ndërmend, por e kisha shmangur. Më qe dukur skematik.

- Shumë shkrimtarë që vinin nga pjesa e përtej Murit, - m'i ndërpreu mendimet, - kanë bërë emër në kohën e ndarjes së hekurt.

- Në atë kohë, as që e imagjinoja se do mund të botohesha ndonjëherë. E kam bërë një provë të dështuar me disa poezi. Por, shkrimtarë të talentuar ka pasur në të gjitha kohërat. Talenti është diçka e brendshme, e lindur, një lloj dhurate për pak njerëz. Disa prej tyre shkruanin dhe botonin gjithë kohën, rrinin tribunave, krahas me monstrat vrasëse, përvëloheshin nga dashuria për diktatorët.

- Po si ia arrinin të botoheshin jashtë? Nuk e kam kuptuar kurrë se si u bënë të famshëm në një periudhë izolimi aq të pamëshirshme?

- KGB-ja, nga mesi i viteve '60, formoi një departament special që merrej me dezinformimin. Puna kryesore e tij ishte krijimi nga hiçi ose bazuar në fakte periferike i historive diskredituese për udhëheqës të ndryshëm të botës perëndimore, për personalitete të mëdha publike. Një fraksion i kësaj ngrehine të frikshme punonte në fushën e eksportit të vlerave morale e politike të shoqërive të përparuara komuniste.

- Kjo u ngjan teorive konspirative, me shërbime sekrete e prapaskena, diçka e limontë si James Bond, Agjenti i Madhërisë së Saj, 007.

- Në fakt është shumë më e koklavitur. Kanë shfrytëzuar një dozë naiviteti e militantizmi perëndimor mbi të drejtat e njeriut. Pas Helsinkit, Perëndimi nuk përmendte më as tanket, as raketat apo bazat amerikane. Përmendeshin vetëm të drejtat e njeriut, liria e fjalës dhe e shtypit. Hileqarët e atyre zyrave e kuptuan, sigurisht me ndihmën e të interesuarve, se Perëndimi do t'i botonte, do t'i propagandonte si shkrimtarë të mëdhenj të ardhur nga bota socialiste, vetëm nëse kjo e fundit u bëhej pengesë. Do të thotë, nëse shteti ua ndalonte ose ua kthente në karton ndonjë libër. Nga ana tjetër, gjendeshin majtistë ekstremë, të cilët punonin nëpër shtëpitë botuese perëndimore, që transmetonin lajmin trondites të ndalimit të kësaj apo asaj vepre. Vepra, ndërkohë, ishte e përkthyer dhe e përgatitur për botim.

- Po, veç e gjitha kjo ndodhte jashtë vullnetit të autorëve, talentit të tyre.

- Ashtu tingëllon bukur, problemi ishte më kompleks. Puna ka shkuar deri aty, sa autorët i luteshin partisë dhe sigurimit që t'ua ndalonte ndonjë vepër, duke gjetur gjoja gabime të rënda ideologjike. Por kjo nuk mund të funksiononte me të gjithë. Duheshin gjetur më të talentuarit, më të devotshmit. Pastaj, për ta çuar deri në fund lojën e pistë, bënin vërtet sikur po i survejonin, sikur po i pengonin të merrnin pjesë në ceremonitë e botimit të romaneve të tyre, etj.

- Marketing, marketing, marketing!

- Sigurisht, botuesit perëndimorë nuk i lexonin pothuajse fare librat e këtyre shkrimtarëve, për ata, tregu, numri i shitjeve ishte dhe mbetet më i rëndësishëm sesa vlerat reale të një teksti letrar. Botuesit e huaj bënin kujdes që të mos e reklamonin shumë gjoja disidencën e autorëve të tyre, "pasi kjo ishte e rrezikshme për jetën e tyre". Deri edhe gazeta nga më të pavarurat e të sofistikuarat në kërkimin e së vërtetës nuk luanin dot me principe të tilla. Ata nuk donin të shndërroheshin në prokurorë e ekzekutorë. Është mbresëlënës fakti që po këta libra të ndaluar, pas botimit jashtë, ribotoheshin në tirazhe marramendëse në vendet përkatëse. Duke sjellë jo veç para, por një trafik influence të pashoq.

Një libër që botohej në Bukuresht, me treqind mijë kopje, bënte publicitet për botuesin e huaj. E kështu anasjelltas. Këto i kam mësuar njëzet vjet pas rrëzimit të Murit, por tashmë është vonë! Autorë të tillë kanë krijuar staturën e tyre, kanë rrjete agjentësh, jo veç letrarë, kanë ushtri linçuesish, që, si qen të uritur, presin që i zoti t'i ndërsejë kundër këtij apo atij që guxon të zbulojë të vërteta të tilla. Një ish-ambasador shqiptar i kohës së komunizmit, me të cilin kam ndarë zyrën në Tiranë për disa kohë, ma ka treguar këtë skemë.

Edhe librat e diktatorit shpërndaheshin anë e mbanë globit. Përkthyer nga të dënuar politikë, veprat e tij shtypeshin në tirazhe marramendëse në Tiranë e u shpërndaheshin ambasadave. Në vitin 1992, kur ndryshoi sistemi, miliona kopje librash të këtyre shkrimtarëve dhe të udhëheqësit, dergjeshin bodrumeve të ambasadave shqiptare. Diplomatët e rinj u akuzuan si njerëz që nuk i donin librat, sepse iu desh të pastronin plehrat nga bodrumet para se të dorëzonin vilat misterioze të ambasadave, për t'u vendosur nëpër apartamente më të lira, pasi Shqipëria ishte e rrënuar. Ligësia qe e dyfishtë; u goditën shkrimtarët që kishin bërë njëfarë emri, pavarësisht metodave, dhe, në të njëjtën kohë, edhe imazhi i diplomacisë së re shqiptare. Të dyja përbëjnë anët më elitare të një kombi. Kjo bënte pjesë në politikën e tokës së djegur që përdorën komunistët, duke bërë sikur po iknin nga pushteti në fillim të viteve '90 të shekullit të kaluar.

- Më duket se po flisnim për letërsi... - më tha Luiza e më hodhi një shikim të dhimbsur.

Ajo më njihte tashmë, pak prej teksteve e po aq prej qëndrimeve të mia. E dinte se nga kishte kaluar udha e jetës sime. "Shih përpara!", më kish thënë njëherë. Gati qesh zemëruar me të. Ajo frazë e shkurtër nuk ishte këshillë miqësore për ne, ishte urdhër i helmuar. E kisha dëgjuar me mijëra herë në vendin tim. E shqiptonin pikërisht ata që nuk donin të shiheshin gjurmët e përgjakura të krimeve të tyre. Shihni përpara...! Ia kisha thënë këtë Luizës, por ajo më qe lutur: "Mos fol me mua për politikë, të lutem! Politika më ka vrarë të dashurin!".

"Edhe të jesh apolitik është akt politike", ia pata kthyer.

"Akt politik dhe influencues është edhe shkrimi, por mes miqsh nuk flitet për politikë, për gjëra që ndajnë".

M'u kujtua im atë, që thoshte të njëjtën gjë. Të ketë mbaruar babai të njëjtën shkollë si Luiza, të ketë kaluar të njëjtat probleme "drugs and so one"? Vura buzën në gaz. Kjo i pëlqeu Luizës. U ngrit dhe u kthye me një pjatë me djathëra të ndryshme, mish të thatë dhe një tjetër shishe vere. Ndërkohë që ajo lexonte, unë këqyrja përreth. Një tufë zogjsh u trembën nga vizita e papritur e një sorre. Bënë zhurmë, pastaj fjetën. Papagalli u zgjua, tha dy-tri fraza, piu ujë dhe ia futi gjumit sërish me kokën ndër pupla. Luiza po lexonte:

Alpenperle

Vajza me flokët e ndara në mes u prezantua e para: Anna Mennem. Shqiptimin e emrit e shoqëroi me një lëvizje delikate të kokës, që lëshoi përnjëherësh një parfum të rrallë në ajrin e asaj buzëmbrëmjeje. 28 shkurt; dita e fundit e muajit të dashurisë së maceve. Mbrëmja qe e butë, pavarësisht borës që zbriste deri poshtë faqeve të thikta të maleve fort kërcënuese. Gjatë ditës, një diell lojcak herë qe shfaqur e herë qe fshehur pas reve të lehta. Malet i qenë kënaqur asaj loje. I kishin përpirë, përthyer e pasqyruar rrezet e diellit, duke u dhënë volumeve të veta herë thellësi e herë cektësi, herë vinin në pah madhështinë e tyre të egër e herë ato trille butësie, që i bëjnë malet aq të parezistueshme dhe njeriun të ndjehet i lidhur me to.

Mes atyre maleve isha ftuar të merrja pjesë në një seminar mbi të rejat e fundit në fushën e trajtimit të kancerit. Gjatë gjithë ditës, prezantuesit e aftë kishin paraqitur me mjaft shkathtësi e thellësi njohjeje zbulimet e fundit, molekulat e reja, sistemet terapeutike e deri te fotografi e skema operacionesh. Mjeshtra të kancerit, nga shumë shtete europiane, qenë fshehur në gjirin e maleve për të folur për njërën prej sëmundjeve më të rrezikshme të njerëzimit, që buronte, në shumicën e rasteve, nga një garë e çmendur qelizore, nga mendjemadhësia apo aftësia e pabesueshme e disa qelizave për t'u vetëshumuar pa ndërprerje në shpinë të të tjerave.

Ndjehesha i lodhur prej atyre dijeve të përfituara në mënyrë aq të ngjeshur, brenda një kohe shumë të shkurtër. Një shije e hidhur në gojë më jepte përshtypjen se do ta kisha të vështirë të shqiptoja fjalë të tilla si: dashuri, poezi, muzikë.

Kur vajza tha emrin e saj, gjëja e parë që bëri truri im qe të rrokjezonte atë emër, të shihte se si sillej gjuha nëpër gojë teksa e shqiptoja. Si te fillimi i romanit "Lolita", të Nabukovit. Më ndërmendi puthjen e parë, rrëshqitjen misterioze të gjuhës së një vajze brenda gojës, një kujtim që lidhej me adoleshencën. Pata aq kohë sa të numëroja, edhe pse me vështirësi e ndoshta pasaktësi, hapjet dhe mbylljet e gojës gjatë shqiptimit të emrit. Një hapje-a, një mbyllje-nn, një hapje-a, dy mbyllje, dy hapje m-e-nn-e-m. U kënaqa me aftësitë e mia gjuhësore kur vura re se ai emër mund të shqiptohej njëlloj nga të dyja anët, mund të copëtohej në rrokje simetrike e të këndohej me çdo lloj instrumenti. Anna Mennem, Men-nem An-na. Pashë flokët e saj të ndarë në mes dhe mendova për një simetri, një pajtueshmëri dhe harmoni të plotë në qenien e saj.

Sapo shqiptova emrin tim, filloi rrëmuja. Emri im, me prejardhje ballkanike, sikur e prishi plotninë e asaj mbrëmjeje. Nëpër këmbë na u sollën dy mace, por jo me lëvizje të hijshme e përkëdhelëse; ato thuajse u përplasën me ne pikërisht kur Anna po përpiqej të thoshte saktësisht emrin tim. E provoi disa herë dhe, kur dështonte, qeshte me një gurgullimë të zëshme. Në faqe i krijoheshin gropëza të hijshme, që dukeshin sikur hidhnin valle nëpër fytyrën e saj rozë. Kërkonte falje dhe përpiqej prapë. Qeshte prapë. Dikur ia arriti:

— Arban! Vështirë ta shqiptosh, por po aq e vështirë ta harrosh, - më tha.

I thashë diçka për macet, për muajin shkurt, por ajo nuk e kishte mendjen ose nuk më kuptoi. Priste kalimin e kamerierit të porosiste diçka. M'u duk sikur po bisedoja me një figurante filmi, nga ato që iu thonë të ngulen në banak si sfond, që ua kronometrojnë edhe buzëqeshjen. Kur ngrita gotën, ndjeva në gojë shijen e hidhur.

— Fërnet Branka! - tha ajo dhe qeshi. - E hidhur është ajo pije.

Nuk thashë asgjë. Nuk më dukej aq e hidhur krahasuar me shijen që më endej në gojë prej mëngjesit.

— Pse nuk qesh? - më pyeti befas.

U përpoqa t'ia shpjegoja, por, siç duket, nuk arrita të artikuloja asgjë për të qenë.

- Gabim, - tha ajo, - veç qesh!
"Dont bring everybady down!" , m'u kujtuan vargjet e këngës *"Don't worry, be happy"*.
E ngriti gotën me fund dhe qeshi.
- Nuk është fërnet si i yti, - më tha, - është Campari, - dhe u mbyt prapë së qeshuri.
Flokët e ndarë më dysh dridheshin bashkë me kokën e saj të hijshme; gjithçka dukej sikur qeshte, sikur vallëzonte tek ajo. Një grup pushuesish me fëmijë të vegjël kaluan zhurmshëm afër nesh. Ajo i qerasi me buzëqeshje të gjithë. Për ta rifilluar bisedën, e pyeta se ç'punë bënte.
- Businesswomen! - tha dhe u shkri së qeshuri, si të mos kishte gjë më qesharake sesa të ishe grua biznesi.
Nuk e çova më gjatë; ndoshta ajo nuk donte të fliste për "bizneset" e saj. Fillova të merresha me përvëlimin që më shkaktoi fërneti. Valët e ngrohta po më ngriheshin nga fundi i stomakut, sikur s'kisha pirë lëngun e zi e të ftohtë, por një gotë me rreze përvëluese dielli.
- Po ti? - më pyeti befas.
- Farmacist! - u përgjigja me druajtje, thua se profesioni im kishte ndonjë mister të turpshëm ose diçka të ngrirë, si gjymtyrë e ruajtur në formalinë apo azot të lëngshëm.
- Oh! - ia bëri ajo. - Prandaj je kaq i pastër, thuajse steril...!
Këmisha ime e bardhë shkëlqente verbueshëm nën dritën blu të neoneve të restorantit. U përpoqa

ta kufizoja domethënien e fjalëve të saj thjesht me pamjen time të jashtme. Buzëqesha lehtë. Ajo, sikur ta vinte re ndrojtjen time, kujdesin që reaksioni kimik i buzëqeshjes të mbahej nën kontroll për të dhënë rezultatin e llogaritur, m'u kthye:

- Qesh më shumë! Lirshëm! Puna jote nuk është aq e lehtë. Klientët e tu, në radhë të parë, janë pacientë, janë njerëz të sëmurë. S'duhet të jetë e lehtë të qeshësh në profesionin tënd. Po pse ke ardhur këtu?

- Për një konferencë ndërkombëtare mbi metodat e reja të trajtimit të kancerit.

Befas, ajo u vrenjt. Një dridhje gati e padukshme i përshkoi fytyrën si një rrymë e ftohtë ajri. Të qe efekti i Camparit, që kishte pirë pak më parë? Jo, ajo s'qe një gotë e mbushur me hej akulli, por një pije lozonjare me ngjyrë të ngrohtë, të kuqe në rozë.

Dalëngadalë, salla e restorantit po mbushej me klientët e hotelit spa. Mes tyre filluan të vinin edhe mjaft nga seminaristët e kancerit.

- Do të darkosh me ata, apo me mua? - pyeti gati në formë ftese.

- Me ty! - ia ktheva shpejt e shpejt! Pak sekonda më vonë u habita me këtë siguri timen, ndaj, më shumë për të bindur veten, shtova: - Nuk kam ndërmend të ripërtyp në darkë ato që u thanë sot! Ajo qeshi. U duk se çasti i pasigurisë, përshkruar nga ajo dridhje e lehtë e mëparshme, kishte kaluar. U ulëm në një tavolinë me dy vende dhe porositëm një shishe verë të bardhë "Heidi", që, e përkthyer në gjuhën moderne, është "Pagan". Rrushi prej të cilit bëhet, një savignon i bardhë, rritet një mijë e dyqind metra mbi nivelin e detit. Dikur ajo qe një verë egër, gërryese, por, me kalimin e viteve, vreshtarët përpunuan një specialitet të rrallë, një verë me shije shumë të veçantë.

Tavolina e drunjtë dhe karriget e rënda, të gdhendura në dru masiv, bënin kontrast me mbulesat borë të bardha e të qëndisura me lulebore të vogla. Kamerierja, një grua rreth të pesëdhjetave, fliste frëngjisht me një theks të rëndë gjerman dhe qe veshur si dikur malësoret e asaj ane, në gjysmën e parë të shekullit të kaluar. Ngjyrat: e kuqja, e verdha dhe jeshilja lodronin e përdridheshin në një fushë të gjerë e të zezë të rrobave të saj. Në atë luginë të thellë mes maleve, ku buronte lumi Rhône, shumica e gjërave ishin ruajtur si dikur. Madje edhe hoteli modern, ndërtuar në një gungë të malit, mes dy përrenjve, që derdheshin zhurmshëm në Rhône, i ngjante një shtëpie të vjetër valezane, gjysma me gurë e gjysma me dru. Brenda kësaj pamjeje të jashtme, thuajse arkaike, fshiheshin komoditete nga më modernet. Më e vyeshmja e më e rralla, një pishinë me ujë të kripur, nga kripa e një deti alpin, shtjerë para miliona vjetësh.

Fillimisht, ajo u mor shumë seriozisht me porosinë, duke pyetur me detaje se çfarë përmbante secila pjatë. Kamerierja po ia shpjegonte me durim, duke e përzier frëngjishten e saj rudimentare me gjermanisht, fjalë që, sipas saj, ishin të papërkthyeshme në frëngjisht, gjë për të cilën kërkoi falje. Anna i gëzohej ardhjes së çdo hajeje, duke lëshuar lumë lavdërimesh për cilësinë, paraqitjen e jashtme e në fund për shijen e veçantë të ushqimeve që konsideroheshin të gjitha bio dhe me origjinë lokale. Duke ngrënë, më pyeste nëse po më pëlqente, nëse mishi ishte pjekur sa duhej, nëse kishte apo jo kripë mjaftueshëm.

- Mos harro, ka një det alpin të fshehur poshtë këmbëve tona. Nëse të duhet kripë, mos hezito! - më këshilloi, duke u shkrirë së qeshuri. I thashë që kisha filluar të bëja kujdes me konsumimin e kripës dhe të sheqerit, pasi shenjat e para të hipertensionit ishin shfaqur.

- Po Shqipëria, çfarë vendi është?
- Shqipëria ka det me ujë, me anije, me peshq, me plazhe, me pushues të zhurmshëm! Dhe me kripë...! Jo si ky deti alpin i para miliona vjetëve, që i ka mbetur vetëm kripa e burgosur në zemër të malit.

- Deti alpin është më tepër kujtesë gjeologjike sesa det. Por në vende të dënuara nga mungesa e detit, njerëzit përpiqen ta krijojnë atë, qoftë edhe në një gotë. Do të ishte trishtuese sikur njerëzve t'u hiqej edhe e drejta për të ëndërruar për detin.

Isha i një mendjeje me të. Do më kishte pëlqyer t'i kisha thënë unë ato fjalë, pasi për ushqimin s'kisha shumë dije, s'kisha fjalë të veçanta si ajo. Dija të thosha "më pëlqen ose jo, është e ngrohtë ose e ftohtë, shumë kripë ose pak e papjekur, e pazier". Ajo kishte një fjalor të plotë kulinar, shpjegonte me hollësi shijen e parë, të dytë dhe atë që mbetej si kujtim i shijes në memorien e saj. Pastaj fliste për cilësinë e zierjes së perimeve, për thellësinë e pjekjes së mishit, për natyrën e përtypjes, duke më lënë gojëhapur.

Kur erdhi biseda për detin, e ndjeva veten pak më të çliruar, por edhe aty ajo tha diçka shumë më të sofistikuar se unë. Piva verë. Një gotë e ngrita me fund. Ndoshta do ma zgjidhte gjuhën, do më çlironte nga ai ngërç steril, nga ajo prapambetje gjuhësore. Edhe ajo e ngriti gotën me fund. Vera qe e mirë. Aq më tepër që bëhej fjalë për shishen e dytë, "Humagne rouge". Gjithmonë shishja e dytë është më e mirë se e para! "E dyta rrjedh vetë!", thoshte Dr. Luani, miku im i studimeve universitare. Për shishen e tretë, ai nuk pyeste kurrë nëse ishte verë, benzinë, raki apo flibol. Nuk e kuptova pse më erdhi ndërmend Dr. Luani. Ndoshta ngaqë sapo kishte kaluar një dramë të rëndë, kishte humbur gruan nga një sëmundje e pashërueshme. Kancer. Edhe gjatë ditës kisha menduar për të, për gruan e tij. Më merr malli shpesh për mikun tim. Kujtime rinie, vitesh studentore, verë, teatër, vajza, ngatërresa të panevojshme me policinë, me gjithë botën.

Kur po mbaronim darkën, kamerierja na pyeti nëse donim edhe diçka tjetër.

- Peshk nga ai deti i zhdukur para miliona vjetësh! - tha Anna dhe e qeshura jonë notoi zhurmshëm mbi sallën e restorantit. Sytë e disa plakave u ngulën mbi shpinat tona në ikje.

Jashtë, një erë e ngrohtë kish mundur të përvidhej grykës së lumit dhe qe ngjitur deri afër restorantit.

- Pranvera nuk është larg! - thamë të dy pothuajse me të njëjtën gojë.

Qeshëm edhe një herë me zhurmë, që u tret në natën e heshtur, të kristaltë. Hëna kishte dalë për gjah majave të maleve me borë. Zbardhima e tyre krijonte një dritë të pazakontë, që errësonte yjet e fshihte shkëlqimin e tyre të druajtur. Bëmë një shëtitje të vogël. Ndezëm nga një cigare. Të dy, pothuajse me një gojë thamë se "Duhani vret!". Qeshëm prapë. Pastaj, ajo tha:

- Kjo është një mbrëmje e përsosur për një krim!

Ndjeva të ftohtin e natës së funddimrit të më shponte në qafë. Cigarja m'u var në buzë, në një hapje goje gjysmë të vullnetshme. Ajo më shtrëngoi krahun dhe eci me kokën ulur, thua se nuk kishte folur për një krim, por për një tufë me lule apo për djegien e shndritshme të një ylli në atmosferë. Po heshtte si për të më dhënë kohë të përgatitesha për një përgjigje, të shprehesha nëse ishte apo jo një mbrëmje e përsosur për krim, për një vrasje. Nëpër tru po më kalonin titujt e gazetave të së nesërmes: "Një farmacist me origjinë nga Ballkani vritet në dhomën e tij të hotelit". Ka vrarë dikë, apo dikush e ka vrarë? Autorësia do t'i shkonte më mirë farmacistit ballkanas. Krimi prej andej vinte, bashkë me gjithë të këqijat e kësaj bote, konfliktet, luftërat, refugjatët, drogën. "Ky vend po ndotet, nuk po mbrohet aq sa duhet nga kjo e keqe!". Kështu mendonin vendasit, bazuar në formula të gatshme, të shërbyera çdo mëngjes nëpër faqet e shtypit të tyre.

Ankthi i pakmëparshëm, ankthi i krimeve të rrëqethshme ballkanike, krimeve tinëzare e të pashpirta, dalëngadalë po i linte vend elegancës së disa krimeve të tjera. Vrasjet për të cilat po fliste Anna ndoshta ishin më pak të dëmshme, ishin vrasje luksoze, mbi tapete e mobilie të shtrenjta, ku kufomat gjendeshin të mbytura në gjak gjithsesi, por ama në banja apo xhakuzi, në korridore, në muret e të cilave vareshin piktura të autorëve të famshëm. Këta njerëz e vrisnin njëri-tjetrin me pistoleta të vogla, të lyera në ar. E vrisnin butësisht. Ndodhte që kjo racë e privilegjuar të vritej edhe nëpër aksidente rrugore të sajuara, por krimi mbetej i hijshëm, i pranueshëm, sepse veturat e markave "Ferrari", "Porsch" dhe "Mercedes" i jepnin shkëlqim verbues, të mrekullueshëm, kufomave. Policia nuk e gjente menjëherë vrasësin, por ama merrte në pyetje nëpër sallone të sofistikuara gra e burra, që qanin me shami mëndafshi humbjen e beftë të njerëzve të tyre të dashur.

E gjithë kjo limonti e përgjakur u përcillej miliona shikuesve të varfër. Lyenin bukën e tyre të përditshme me këtë margarinë të kërmilltë. Po aq sa të pasurit.

- Ishte vërtet mbrëmje për një krim të përsosur! - shtoi ajo duke qeshur.

Ndërkohë qemë kthyer nga shëtitja jonë e shkurtër, nga "smoking time", siç e quajti Anna. Morëm ashensorin deri në katin e dytë dhe, kur unë po i tregoja derën e dhomës sime, ajo qeshi prapë me të madhe. Në mes të të qeshurave, tha:

- E imja ndodhet përballë.

I uruam njëri-tjetrit natën e mirë dhe mbyllëm pas vetes dyert e rënda të dhomave. Jehona e të qeshurave të saj mbeti korridorit të zbrazur.

U gjenda qyq i vetëm në apartamentin luksoz. Të qeshurat e saj u shuan. Mbetën pas shpinës sime dhe derës së mbyllur. Nëpër mure filluan të më ravijëzoheshin hijet që vinin nga një dritë e zbehtë në kopsht. Ndeza dritën e mesores dhe gjithçka u mbështoll në një prehje të neontë, të zbehtë. Nuk po i besoja vetes. Kisha kaluar mbrëmjen me atë të panjohur, veç emri i së cilës qe i aftë të zgjonte tek unë një mijë e një ndjesi të fjetura. Ajo tashmë gjendej veç dy metra larg, por e ndarë nga dyer e mure të izoluara me mjeshtri. Larg ndodhej ajo, aq larg sa koha e lirshmërisë sime. Shtrati m'u duk i errët si një vatër e shuar, e ftohtë. Një riprodhim i pikturës "Puthja" të Gustav Klimt, varur mbi kryet e shtratit, e bëri edhe më të zymtë vetminë time. Si do t'ia bëja deri në mëngjes? Kisha marrë me vete një roman në frëngjisht të Céline, "Voyage au bout de la nuit". E kisha nisur para disa kohësh, pastaj e kisha lënë mënjanë. Ja ku m'u gjend në atë çast. Udhëtimi deri në fund të natës i Céline, kishte zgjatur për dekada të tëra. I imi sapo kishte filluar. E hapa librin në faqen gjashtëdhjetë e gjashtë dhe pashë se kisha nënvizuar këtë frazë: "Krimet nuk llogariten më në këtë botë, madje ka kohë që kemi hequr dorë nga llogaritja e tyre. Gafat janë të pafalshme. Sapo e kisha bërë një. Krejtësisht të pafalshme". Lexova pak rreshta më poshtë për të parë se çfarë gafe kishte bërë. Personazhi, një ushtar i Luftës së Parë Botërore, kishte vjedhur një konservë për të mbijetuar. Më kishte bërë përshtypje të thellë eleganca hyjnore e ironisë së këtij autori. Mirë, në kohë lufte, krimet nuk konsiderohen më si të tilla, pasi krimi në vetvete, shndërrimi i tij në art, në ekzaltim kolektiv, është synimi më i fisëm i luftës. Po në kohë paqeje, cila është më e pariparueshme: një krim, apo një gafë? Në fund të fundit, çfarë krimi është të shëtisësh, të pish një gotë verë, të ndjehesh mirë pranë një gruaje me emrin Anna, në një mbrëmje pragpranvere, mes maleve të ashpra, por paqësore të Zvicrës? Sipas të gjitha llogarive, edhe gafa ime qe e pafalshme!

* * *

Dita e dytë e seminarit. Nëpër diapozitivat e komplikuara përshkruhej sëmundja fatale. Mekanizmi i proliferimit, mundësitë e ndërhyrjeve farmakologjike, tipet e ndryshme dhe graviteti i tyre, metodat e diagnostikimit të parandalimit, të trajtimit! Mendja më rrinte tek ajo. Ajo grua ishte krejt e kundërta e kancerit, ajo ishte jeta vetë, e përsosur, plot gaz, harmoni dhe simetri. Rreth të tridhjetepestave, ajo kishte ruajtur linjat dhe tiparet e një njëzetvjeçareje, freskinë e lëkurës dhe pafajësinë e buzëqeshjes. Mbrëmja e kaluar kish hyrë befas në jetën time si një rreze drite nën një çati të pandriçuar. Kish gjetur aty rrangulla të vjetra, kuti të pahapura emocionesh e sendesh të paluara prej vitesh. Erë ftonjsh, formaline e sapuni erëmirë, si nëpër arkat e plakave të Ballkanit. Dyzetë e pesë vjeç kisha filluar të paketoja për në përjetësi ndjesi të paharxhuara, madje të paprekura kurrë; qeshë dhënë me mish e me shpirt pas profesionit tim, pas rritjes së fëmijëve dhe përkëdheljes së dashurisë sime të parë e të vetme. Bota rrotull meje sillej indiferente, si sferë zhive e thërrmueshme dhe e paprekshme. Ajo grua kish përshkuar me fuqinë e buzëqeshjes së saj atë që më dukej e papërshkueshme, e pacenueshme, kishte nxjerrë në dritë ato faqe të prizmit të shpirtit tim, që deri atëherë nuk kishin parë kurrë diell me sy: plogështinë që të sjell vetëmbyllja, indiferencën që ta imponon respektimi besnik i një kodi të pashkruar sjelljeje.

Isha treguar i pandjeshëm ndaj shpërthimeve buçitëse të emocioneve të çastit. I kisha neglizhuar, i kisha shpërfillur për hir të një synimi të fiksuar: të bëja diçka dhe të isha dikushi në jetë! Kisha harruar se një gjë e tillë qe arritur para pesëmbëdhjetë vjetësh; që nga ajo kohë s'kisha caktuar tjetër objektiv, thjesht kujdesesha si roje i ledheve të Hamletit të ruaja kështjellën e ngritur, duke harruar se kështjella ime po brehej nga rrënjët, jo nga bedenat, se rënia e saj s'do ishte aspak heroike. Rënia e asnjë kështjelle nuk është heroike. Pushtimi i saj, po. Po unë kisha vite që as kisha synuar të sulmoja, le më të pushtoja ndonjë kështjellë të re, të ngjitesha në ndonjë lartësi të çfarëdollojshme. Isha mumifikuar, ngrirë si në një veshje të hekurt para arritjes sime të parë. Vetëmjaftueshmëria e saj e dobishme më kishte paralizuar. Asgjë nuk kisha synuar, asnjë horizont nuk shtrihej pas saj, asnjë furtunë nuk parashikohej nën atë qiell të pikëllimtë. Ndjeva njëfarë revolte. Jo, s'qe revoltë. Qe një ndjenjë faji, ndoshta turpi, që m'i skuqi faqet, që bëri të më vërshonte gjaku edhe nëpër enët më të imta të trupit. Fillimisht, ajo ngrohtësi më kujtoi se në mëngjes nuk isha veshur ashtu siç duhej, madje as nuk isha veshur, sepse një natë më parë nuk qeshë zhveshur fare. Ashtu, me këmishë e pantallona kisha fjetur, ashtu qeshë zgjuar, larë sytë shkel e shko e kisha zbritur drejt e në sallën e seminarit.

Nuk kaloi shumë kohë e m'u duk i padrejtë ai qortim i pamëshirshëm i vetvetes. Në arsyetimin tim të mëparshëm kishte diçka prej kështjellave dhe mykut të mesjetës. Duke kërkuar, gjeta edhe të meta të tjera, madje shpejt arrita në përfundimin se ai s'qe një arsyetim, qe thjesht një lëkundje, njëfarë rrëzimi i butë. Nuk isha plagosur gjatë asaj rënieje, thjesht më qenë ngjitur disa papastërti, kisha ndier një plogështim të gjunjëve e të shpirtit, i cili duhej flakur pa mëshirë prej vetes, duhej sistemuar diku në një raft të errët, thellë në nënshtrojat e vetëdijes. Gjithçka kisha bërë, kishte qenë e drejtë, gjëja e duhur në çastin e duhur, arritja e mundshme më e lartë në kushtet e dhëna. Jeta ime i ngjante asaj që kisha projektuar vetë, qe një farmaci e rregulluar me mjeshtri. Dera e saj rrinte hapur për botën, qe mikpritëse, e pastër, e ndershme, korrekte. Jeta ime ngjallte respekt tek të tjerët, një ndjenjë krenarie tek unë, ndjesi që mundohesha ta kontrolloja për të mos u dukur mendjemadh e për të mos i lënduar njerëzit. Gjithçka funksiononte në mënyrë perfekte. S'kisha bërë asnjë gafë, aq më pak krime, le të vlerësoheshin gafat dhe krimet si të pafalshme ose si të pallogaritshme, për mua qe njësoj. Romani i Célinë, edhe nga titulli, edhe nga përmbajtja, qe i errët. E vetmja gjë që shkëlqente në të ishte ironia.

Sapo mbaruam orët e mëngjesit, u ktheva në dhomë, bëra një dush, u rrojta, u spërkata me parfum "Prada", vesha rroba të tjera, këmishë e kostum, të hekurosura me një përkushtim pothuajse shkencor. Nata e mbrëmshme duhej harruar; truri im kishte nevojë për dezinfektim, ndërsa shpirti për sterilizim. Asgjë e papastër nuk shkonte me mua.

Në mesditë drekuam me kolegët farmacistë, mjekë e farmakologjistë të universiteteve më të shquara europiane. Të gjithë dukeshin mirë me shëndet. Të veshur me rrobat më të hijshme të shitoreve më me emër në fushën e modës. Kishin bërë studime dhe vazhdonin të studionin në fushën më të komplikuar të dijes njerëzore: trupin e njeriut. Ata dinin gjithçka për anatominë, fiziologjinë, biokiminë, patologjitë e organizmit njerëzor. Ata ishin pjesa gri e trurit njerëzor, përpiqeshin për shpëtimin e jetës së njeriut, kësaj dhurate delikate, të kufizuar në kohë, të papërsëritshme, gjeniale. Prania ime mes tyre ishte gjëja më e natyrshme, më afër të vërtetës së jetës sime. Ajo ishte bota ime, bota e përkushtimit dhe përsosjes shkencore. Por sytë e mi lypnin nëpër sallë siluetën e gruas me emër simetrik. Piva një gotë ujë për të qetësuar nervat e stomakut e të barkut. Nga aty më dukej sikur komandohej truri. A nuk thoshin gjyshet tona, për dikë që i mërziste: "Ma plase barkun!"?. Truri i dytë, ai i pandërgjegjshmi, ai pa kore cerebrale, ndodhet në bark, një rajon gjeografik i trupit tonë, sistemin nervor të të cilit nuk e kontrollojmë dot. "Our second brain", thotë një neurolog amerikan.

Vështrova rreth e rrotull kolegët. Të qetë, të qeshur, të vetëkontrolluar. Supermjeshtra në dije, mjeshtra në sjellje. Perfeksion i plotë. Madje edhe nga pamja fizike, pavarësisht flokëve të rënë aty-këtu, ndonjë barku të rrumbullakosur, ndonjë shpatulle të kërrusur, ata dukeshin bukur, ishin simpatikë, tërheqës. Po ajo, ajo ku ishte? Përse nuk vinte ato çaste që të përmbyste gjithçka me qeshjen e saj, me rozën e mrekullueshme dhe qukat në faqe? Ajo po shkëlqente edhe me mungesën e saj. Edhe pse nuk qe aty, ia ndjeja praninë kudo. Në tavolinën ku kishim ngrënë një natë më parë, nuk kishte njeri. Dy gota të mëdha uji, të përmbysura mbi mbulesën e bardhë. E parafytyrova të ulur aty duke më pritur. Vetëm me buzëqeshjen e saj. Dukej sikur s'kishte më nevojë për asgjë, për askënd. Aq më pak për këmishën apo trupin tim të bardhë, steril!

* * *

Në seminarin e pasdites nuk mora pjesë. Nuk pata nevojë as të justifikohesha. Vetë drejtuesi më tha se duhej të pushoja. Dukesha i gëlqertë. Ndoshta ajo mbrëmje me Annën kishte thyer diçka thellë meje, thyerje që reflektohej edhe në fytyrë. U ktheva në dhomë dhe i kushtova bukur shumë kohë vrojtimit të vetes në pasqyrë. Xhami i saj i avullt, gjithsesi, më pasqyronte me besnikëri të pamëshirshme. Me imagjinatë fillova të rrafshoja disa rrudha në qoshet e syve, në ballë, të shtoja një shuk flokësh mbi tuçin e kresë, t'i nxija pak ato që kishin filluar të thinjeshin në tëmtha, të zbardhja një dhëmb të nxirë nga një mbushje e vjetër me plumb. M'u duk vetja më i ri! Më i bukur, më i çlodhur po se po. Ato tektonika të befta të mendimeve gjatë mëngjesit e drekës më kishin lodhur. Nuk po arrija vërtet të kuptoja se ç'po më ndodhte.

U shtriva dhe po dëgjoja muzikë klasike. Autorin dhe emrin e pjesës nuk i njihja. Aq më bënin. Por tingujt filluan të më distilonin në shpirt disa buhisje të vjetra. Më sollën ndërmend një plep të vetmuar, të largët, një plep të fëmijërisë sime. Mbi të fluturonin gjithmonë disa laraska. Gjethet e tij dridheshin gjatë tri stinëve, si të qenë të kurdisura. Veç dimri i vinte hakut plepit, e zhvishte lakuriq, duke nxjerrë në pah krëndet e tij të zeza, foletë e laraskave në majë, sipër të cilave, mbrëmjeve, ndalej dielli për pak çaste. Vjeshtave, poshtë atij plepi, mbi shtresën e trashë të gjetheve të verdha, ulesha e ëndërroja për orë të tëra. Shkruaja e vizatoja me lapsat shumëngjyrësh të fëmijërisë, herë në një copë fletoreje e herë vetëm në mendjen time. Bëja plane, thurja ëndrra për t'u ngjitur sa më lart në shkallët e jetës, më lart sesa maja e plepit.

Pastaj fryu një erë e fortë, që shkoqi jo vetëm gjethet dhe foletë e boshatisura të laraskave, por e hodhi përdhe edhe plepin e kalbur. Një gjëmë thuprash e degësh të thyera ranë drejt e mbi shtratin e butë të gjetheve mbi të cilin shtrihesha vjeshtave të fëmijërisë sime. Zogjtë rreth e rrotull fluturuan vërtikthi e kënduan keq. Mbi një palë shkallë që ngriheshin vertikalisht, shquajta fytyrën e përlotur të Lumnies, vajzës së parë të ëndrrave të mia. Ajo donte të hidhej nga atje, por nëna ime po e mbante me aq sa mundte, duke iu lutur të mos e bënte atë gafë. Lumnija dukej e vendosur, edhe pse në dëshpërim. I shpëtoi nënës nga duart dhe ra...! Në çastin e fundit, flokët iu kapën në një gozhdë të shkallëve dhe mbeti e varur në ajër. Vrapova pranë saj dhe e ula me kujdes në tokë. Dhëmbi i mbushur me plumb më ra përtokë, pa më shkaktuar dhimbje. Duke u kujdesur ta gjeja nëpër bar, humba imazhin e Lumnies, të nënës, të plepit, të shkallëve, të një rrugice në vendlindje. Pastaj m'u duk se shpenzova shumë para për një darkë që nuk e hëngrëm dot, pasi kishte shumë njerëz në restorant. Një fëmijë i vogël më vërejti që po ecja këmbadoras nëpër bar, sipër një muri të ulët. U afrua me një grusht drithë dhe ma hodhi përpara si të isha qengj apo kec. E këqyra në sy fëmijën dhe i thashë se kisha bërë tridhjetë vjet shkollë! Fëmija u mërzit dhe filloi të qante. U përpoqa ta pajtoja, duke i thënë se kishte bërë gjënë e duhur, se ashtu do të kisha bërë edhe unë. Një njeri që ecën këmbadoras, pa qenë i sëmurë e pasi ka mësuar të ecë në dy këmbë, pra pa pasur nevojë, i afrohet shumë imazhit të kafshëve e dihet se të ushqesh e të kujdesesh për një kafshë është gjest shumë njerëzor, ndoshta ndër të rrallët që na ka mbetur. Fëmija e mbylli gojën, prindërit e tij e larguan nga unë, duke ia mbyllur sytë e veshët me duar, thua se fëmija po shihte e po dëgjonte një monstër. Më erdhi keq për atë fëmijë, për lotët e tij. Ulur mbi një gur, ndjeva ftohtë...!

Gjumi më doli pikërisht nga të ftohtit. Kisha harruar dritaren hapur. Mbrëmja kishte rënë e plotë mbi luginë. I ftohti i funddimrit shpesh është më tinëzar se ai i kulmit të tij, është një i ftohtë që kthehet befas, pasi ka marrë rrugën e ikjes. Kthehet atëherë kur askush nuk e pret. U ngrita dhe mbylla dritaren. U vesha dhe po rrija para pasqyrës, duke parë dhëmbin e nxirë nga mbushja prej plumbi. Nuk kishte rënë, qe aty, i hirtë, i ndryshëm nga të tjerët, por i fortë, si plumb.

* * *

Në mbrëmje, restoranti i vogël kishte ndërruar vendosjen e tavolinave. I zoti vendosi të na bënte një surprizë. Donte t'i vinte seminaristët së bashku me klientët e hotelit spa. Ideja qe përkrahur nga të gjithë, aq më tepër që pronari kish propozuar aperitivin falas dhe jo një dosido, por me shampanjë dhe salmon rozë nga deti i Norvegjisë. Në Zvicër, njerëzit e dijes janë të çuditshëm. Të paktën nuk janë si te ne. Imagjinoni sikur t'u thotë kush mjekëve më të shquar të Tiranës, Beogradit apo Athinës të hanë darkë së bashku me "pacientët" e një qendre kurimi termal. Miqtë e mi ballkanas e imagjinojnë menjëherë shtrembërimin e buzëve, refuzimin, indinjimin e shkencëtarëve, bluzave të bardha, farmacistëve. Me kë duan t'i barazojnë ata? Me pleq e plaka që vuajnë nga reumatizmi, që kanë vështirësi të përdorin lugën, thikën e pirunin? Me ata që iu derdhet vera nga gota prej dridhjeve të parkinsonit edhe po të jetë e mbushur përgjysmë? Me ata që kanë probleme të prostatës dhe të vezikulës urinare? E paimagjinueshme një darkë e tillë. Por ajo që duket aq e paarritshme, gati fyese për shkencëtarët e asaj lagjeje të botës nga vij edhe unë, është jo thjesht e pranueshme, por frymëzuese për kolegët e mi zviceranë dhe europianë.

Darka filloi në mënyrë të zhurmshme, pa protokoll; njerëzit përpiqeshin të uleshin aty ku u dukej më e përshtatshme, më afër këtij apo atij doktori, kësaj zonje apo atij zotërie. Nga i njëjti hall vuaja edhe unë. Doja të ulesha me çdo kusht pranë Annës. Imazhi i saj kish notuar në mendimet e mia gjatë gjithë ditës. Mezi prisja rastin që ajo të shfaqej, të më afrohej dhe të uleshim diku, ku do mund të gjenim vende të lira pranë njëri-tjetrit. Minutat po kalonin dhe "aperitivi", që zgjati më shumë se gjysmë ore, po i afrohej fundit. Pronari i lokalit shëtiste me shishen e shampanjës në dorë, kur befas, Anna dhe buzëqeshja e saj hapën derën. Pronari u kthye nga ajo, i ofroi një gotë dhe i hodhi gjithë shampanjën që kish mbetur, të shoqëruar me fjalët ledhatuese:

- Pikën e fundit të dashurisë (goutte d'amour) po ia hedhim zonjës Anna Mennem.

Zonja Mennem bëri sikur nuk e meritonte gjithë atë nder, me gjeste të zgjedhura e buzëqeshje të matur, rrëzoi sytë e lejoi rozën e faqeve të merrte pak flakë. Ia kishte arritur qëllimit me vonesën e saj. E kish vënë veten në qendër të vëmendjes. Zhurmat në sallë u fashitën ngadalë. Ajo shkëmbeu një puthje me pronarin e restorantit me mustaqe të gjata sa një bri dhie dhe gjithë gaz u kthye nga të pranishmit:

- *Cheers to everybody!*

Duke e ngritur dorën lart, një rreze drite përshkoi gotën e kristaltë përmes bulëzave eksituese të shampanjës dhe iu ndal në bebëzat e syrit, që shpërthyen në dritë dhe gaz. Të pranishmit ia kthyen në kor:

- *Cheers!*

Mundësia për t'u ulur pranë saj, m'u duk një mijë vjet dritë larg. Pas kësaj përshëndetjeje diellore, ajo përshkoi sallën dhe m'u afrua:

- Si të shkoi dita sot, farmacisti im?
- I vetmuar mes njerëzish. Trishtuese, apo jo?
- Gabim, - tha ajo, - qesh!

M'u duk si një urdhër që më duhej ta zbatoja me shpejtësi dhe korrektësi. *"Don't bring everybody down"*, m'u rikujtuan vargjet e këngës *"Don't worry, be happy"*. Kamerierët e shumtë kishin filluar shërbimin dhe vëmendja e njerëzve qe larguar prej nesh. Ajo gjeti një vend të lirë dhe u ul. Tri karrige më tutje, por në radhën përballë, qe edhe një vend i lirë. Ma tregoi me gisht dhe unë nxitova ta zija. Darka kishte filluar. Të pranishmit shkëmbenin biseda, batuta, grimca humori, buzëqeshje, shikime. Pas pak, një farmakolog gjerman mbajti një fjalim të shkurtër, në thelb të të cilit qëndronte dobia shëruese e buzëqeshjes në një mori sëmundjesh! Ai përmendi edhe terma shkencorë, si: "la liberation en grand quantite des endorphines" - modulimi i përgjigjes cerebrale si shkak i ngopjes me amina, etj. Duke e mbyllur, tha:

- Mesdhetarët, qysh në kohët e lashta e kanë njohur të qeshurën si një instrument të rëndësishëm terapeutik, ja pse te koka e të sëmurëve nuk mblidheshin vetëm mjekë, njohës barishtesh mjekësore, klerikë lokalë, por edhe klounë, hokatarë e imitues kafshësh e njerëzish. I sëmuri që qesh ka gjithmonë një shans për t'u shëruar! Le ta përdorim të qeshurën, edhe pse miqtë tanë industrialistë, prodhuesit farmaceutikë, nuk do jenë shumë të kënaqur nga kjo konkurrencë e lirë ndaj barnave të tyre të shtrenjta. Mos harroni se njëri prej shkaqeve të plakjes së shpejtë te popujt gjermanikë dhe kryesisht të veriut të Europës, është edhe përdorimi racional, pothuajse kartezian, i qeshjes!

Serioziteti me të cilin e kishte marrë profesori gjerman fjalimin mbi të qeshurën, shkaktoi ilaritet në sallë dhe shumë simpati për të. E njihja personalisht profesorin Hostetmann. Na kishte dhënë disa leksione speciale në vitin e pestë të studimeve, si i ftuar. Pastaj biseda rrodhi në grupe të vogla, kokë më kokë. Në tavolinën tonë po flitej për letërsi. Dikush kishte folur për Asturiasin, pastaj Markezin. Unë shtova diçka për Kortasarin. Anna e kaloi bisedën te letërsia braziliane dhe pyeti nëse e njihnim Paulo Coelho. Sigurisht që të gjithë e njihnim autorin e famshëm të librit "Alkimisti". Madje sapo kisha mësuar se emri i tij i përkthyer në gjuhën shqipe do të thoshte "Lepuri". Si të thuash, emri i tij i plotë i shqipëruar ishte Pal Lepuri. Ia thashë këtë gjë bashkëbisedueses në krahun e majtë. Ajo bëri sikur më kuptoi, por, siç duket, përkthimi i emrit të shkrimtarit në një gjuhë tjetër nuk i bëri fare përshtypje. Pak më vonë vura re se ajo po merrej me aparatin e dëgjimit, që nuk po funksiononte. I gëzuar mendova se ndoshta s'më kishte dëgjuar kur fola për Pal Lepurin.

Filluan të flisnin për cilësitë e veprës së Koelhos, për libra të veçantë të tij. Gjallëria që shkaktoi në sallë biseda, më bëri përshtypje shumë të madhe. Nuk kisha besuar që një autor romanesh, që i shiteshin me miliona kopje, i përkthyer në disa dhjetëra gjuhë, një autor "bestseller", siç i thërrasin amerikanët, që i kanë shpikur këto lloj klasifikimesh, të kishte brenda asaj salle aq shumë njerëz që donin të flisnin për librat e tij. Personalisht i kisha lexuar dy-tri libra, që, përveç "Alkimistit", më kishin ngjarë si të gjithë librat "bestseller", ide sipërfaqësore, shkrim linear, personazhe të zbehta, melodramatike, libra të gatshëm për t'u shndërruar në filma trushpërlarës, qindraserialësh. E kisha krijuar këtë bindje qysh në kohën e studimeve. I habitur nga çmimet e larta të librave në Londër, i kisha kërkuar një londinezeje të më sillte disa libra. Ajo më solli "Kështjellën" e Kafkës, "Krim e ndëshkim" të Dostojevskit, "Bufin e verbër" të Sadek Hedajat, në një pako, dhe, në tjetrën, pesë romane bestseller, titujt dhe autorët e të cilëve i kam harruar. Mbaj mend që njëri kishte në kopertinë një grua duke qarë dhe fillonte me vargjet: "Comme by/ comme and cray...!" . Faqet e tyre të para më larguan përfundimisht nga ajo lloj letërsie. Duket se e njëjta logjikë, por në krahun e kundërt, largonte mijëra lexues nga tekstet e rënda, të thella e të errëta të Franc Kafkës dhe autorëve të tjerë, që unë i kisha për zemër. Ky kishte qenë kontakti im i parë me atë lloj letërsie, letërsinë që shitej, që bënte para për botuesin dhe për autorin. Doja të flisja me Annën mbi këtë subjekt, por ajo qe e përpirë me Koelhon, kur papritmas ngriti zërin dhe pyeti:

- Kush e ka lexuar romanin "11 minuta"?

Pas një gumëzhitjeje dhe kërkimi të vogël, doli se, për befasinë e të gjithëve, askush nuk e kishte lexuar. Një kimioterapeut francez po thoshte se kishte lexuar një artikull të kritikës rreth tij, nga i cili mbante mend vetëm një frazë: "11 minuta" është romani më pak katolik i Koelhos, anipse është në të njëjtën kohë një roman që të bën të ëndërrosh.

- Romanin nuk e kam lexuar, kështu që s'mund ta gjykoj prej atij artikulli!

Të tjerët rrudhën supet. U mendua se koha që iu kushtua një romani të palexuar qe e mjaftueshme. Të pranishmit po përgatiteshin të hynin në biseda të tjera kur:

- Unë jam Maria! Personazhi kryesor i atij romani! - tha Anna duke qeshur, si një sfiduese e vërtetë.

Të pranishmit nuk i kushtuan shumë vëmendje kësaj fraze. Anna, po ashtu, bëri sikur s'kishte asgjë mistifikuese në atë që kishte thënë. Tërheqja letrare po zbehej duke i lëshuar vend komplimenteve për darkën, cilësinë e verës dhe atmosferës së këndshme. Anna po shijonte, ashtu siç dinte ajo, menynë e darkës. Herë-herë më këqyrte në dritë të syve. Dukej e kënaqur, e plotësuar. Shpirti i saj sikur notonte në një liqen drite. E shpenguar. Qeshte. Më vështronte prapë në dritë të syve.

- Dukesh më i ri, më i hijshëm sonte! - më tha, duke i dhënë fjalëve një rrumbullakosje të ëmbël, vëzhgim që më bëri të ndjehesha mirë, të ndjehesha shumë më mirë.

Kishte kohë që njerëzit rreth meje rezervoheshin të më thoshin gjëra të tilla. Nuk i kursenin fjalët e mira për aftësitë e mia personale, për njohjen e thellë të profesionit, për mënyrën e shkëlqyer të komunikimit me pacientët, për rezultatet e larta në punë; - chiffre d'affair, gain net - këto terma përdornin kryesisht punëdhënësit e mi, që kishin pak lidhje me profesionin e farmacistit. Ata ishin të lidhur si mishi me thoin me fitimin e pastër që realizonte farmacia. Askush, prej shumë kohësh, nuk më fliste për pamjen e jashtme. "You are very handsome man!", më tha një vajzë e vogël para pesëmbëdhjetë vjetësh në Londër. Vogëlushja e mrekullueshme e familjes pritëse m'i tha këto fjalë kur po nisesha të takoja Haikon, japonezen e bukur, që studionte anglisht si unë në Londër. E mora me mend kuptimin e atyre fjalëve, gjithsesi shfletova fjalorin "Webster" për t'u thelluar në kuptimin e fjalës "handsome". Ajo fjali më kishte dhënë një siguri të brendshme, kishte ndezur një dritë të butë, të ëmbël në fund të dritës së syve të mi. Atë dritë, ngrohtësi e ëmbëlsi e kisha ndarë me vajzën e imtë nga Japonia. Edhe ajo dukej e bukur, më e bukur atë natë, si një yll mëngjesi.

Anna duket e hetoi përhumbjen time, këtë rrëshqitje të beftë në kujtimet e viteve të shkuara e si për të më kujtuar se kjo nuk qe një sjellje elegante në praninë e një gruaje, më pyeti, gjithsesi duke qeshur:
- A jemi akoma bashkë, apo po shëtit i vetmuar nëpër galaktika?
- Jo, me ty jam. Sonte më mjafton një yll i vetëm për të krijuar një galaktikë të tërë!

Mbi faqet e saj kaloi një rozë e purpurt, që iu shkim butësisht në njomështinë blu të syve. Mendova se qe hera e parë që kisha thënë diçka jo të rëndomtë, sikur kisha shqiptuar fjalët e duhura në çastin e duhur.

Klientët e restorantit po ngriheshin njëri pas tjetrit. Pronari mustaqemadh po u shtrëngonte dorën duke u propozuar ëmbëlsirë dhe një pije të ëmbël e të alkoolizuar si tretëse. Digestiv! Anna kërkoi dy gota "Appenzeller". Me ekstraktin alkoolik të dyzetë e dy lloje bimësh aromatike, ajo pije qe vërtet një festival aromash, shijesh. I ngritëm me fund gotat e vogla. Dolëm pasi pronari shkëmbeu numrin e zakonshëm të puthjeve në faqe me Annën. Burrat nuk puthen në faqe me njëri-tjetrin këtyre anëve. As gratë me gra. Gruaja e pronarit nuk qe aty, kështu që dola nga restoranti i paputhur.

Rrymat e ngrohta të ajrit kishin arritur të ringjiteshin akoma më lart. Dita kishte qenë e ngrohtë, me përjashtim të disa minutave rreth muzgut. Toka lëshonte avuj e aroma barishtesh të njoma. Aty-këtu ndjehej edhe era e manushaqeve të para, të sapoçelura. Anna ecte krah meje në atë që quhej shëtitja e mbrëmjes. Edhe pse po pinte cigare, era e parfumit të saj arrinte të më depërtonte herë pas here në flegrat e hundës. Më pëlqeu ai parfum. Po ecnim pa fjalë. Qielli qe i pastër si kristal, mbushur me yje dhe gjurmë fluturimesh të avionëve. Më kapi një far delli poetik, që e kisha braktisur që nga mosha e gjimnazit.

- Kam përshtypjen që në këtë qiell të pastër nate mund të shihen edhe gjurmët e fluturimit të zogjve. Madje edhe të fluturave. Ja, më duket sikur po shoh edhe gjurmën e kalimit tënd. Jo gjurmët në tokë, por ato që lë në ajër trupi yt, qeshja jote.

Ajo qeshi prapë. Tymi i cigares i shkoi mbrapsht e filloi të kollitej. U mbyt në të qeshura e në një kollitje jo shumë të thellë. Pata frikë. Mendova se po mbytej! E kërrusur nga kolla, m'u duk e vogël, si një fëmijë që ka kapërdirë diçka të rrezikshme e që kish nevojë për ndihmën e një të rrituri. Por shpejt, një alarm i brendshëm më tërhoqi. Kjo ndjesi prindërore m'u duk e padobishme, aq më tepër që nuk shkonte me Annën. Ajo ishte grua e pjekur, s'kishte nevojë për një baba të kujdesshëm, që e shoqëron vajzën edhe në pushimet e saj të shkurtra dimërore. Thjesht prita që kollitja t'i qetësohej. E si çdo gjë kalimtare në këtë botë, edhe ai irritim qe kalimtar. Vazhduam ecjen në heshtje. Befas m'u duk vetja si njeri i trishtë. Njeri që çdo ndjenjë të tij përpiqet ta analizojë, të gjejë anën e mirë e të keqe, epërsitë dhe të metat. Kjo gjë m'u duk shumë e rëndë, por nuk desha të zhytesha në thellësi të tjera të vetes, aty nuk kisha kohë. Isha aq i mbushur me praninë ledhatuese të një gruaje të re në krahun tim, saqë gjithë analizat, logjikën dhe kalkulimet u përpoqa t'i rrasja në një kuti të errët në qoshe të ndërgjegjes sime e t'i vija një dry të zi. Le të mbulohej nga merimangat, pluhuri dhe harresa, të paktën për një natë. Të paktën përgjatë asaj mbrëmjeje pasi isha i sigurt se, sapo të kthehesha në dhomë, të gjendesha i vetmuar në shtratin poshtë riprodhimit të pikturës "Puthja", arka e fshehur me shpejtësi nën rrangullat e trurit do hapej e nata ime do ishte e gjatë, më e gjatë se e Céline, e lodhshme, e mbushur me arsyetime morale, logjike, kalkulime dhe analiza. Shkurt, do ishte edhe një natë tjetër torturuese.

Ajo shkeli mbi një gur dhe humbi ekuilibrin. U mbështet në krahun tim, që nuk e lëshoi për disa sekonda derisa rifitoi ecjen e mëparshme. U ndalëm te një ulëse druri, poshtë dritës së limontë të një ndriçuesi. U kthye me fytyrë nga unë. Sytë e saj m'u dukën si të një fëmije.

"Tri gjëra na kanë mbetur nga parajsa: yjet e natës, lulet e ditës dhe sytë e fëmijëve", m'u kujtua thënia e Dante Aligerit, poetit fjorentinas, dhe u ndjeva i pasur. Ulur mbi një dru të latuar, rrëzë një brinje mali, nën shiun e yjeve, pranë dy syve fëminorë: çfarë mund të kërkoja tjetër? Nga tri gjërat e fundit që na kishin mbetur nga parajsa, dy më qenë ofruar me shumë bujari brenda një mbrëmjeje. Kjo nebulozë poetike që më notonte në tru, kish krijuar rreth nesh një re paqeje e ngrohtësie. Anna dukej në qendër të saj; gjysmë grua, gjysmë fëmijë.

- Ndjehem shumë mirë pranë teje! - tha.
- Edhe unë! - i thashë, duke i hedhur krahun supeve.

Nuk folëm më. Ia ngulëm sytë qiellit dhe heshtëm bukur. Dukej sikur shikimet tona qenë përqendruar tek i njëjti yll i shndritshëm; ylli ynë! Ma mbështeti kokën në sup. Parfumi i saj tashmë e kishte rrugën më të shkurtër. Vinte më me intensitet në shqisat e mia. Zemra filloi të më rrihte më me forcë. Me majat e gishtave nisa t'i përkëdhelja flokët. Dukej si një kartolinë romantike e fundshekullit të nëntëmbëdhjetë. Gjithçka kishte ngrirë rreth e rrotull nesh. I vetmi korrent, e vetmja energji planetare në qarkullim, qe ajo mes dy zemrave tona. E imja, e papërdorur prej vitesh në sprova të tilla, gati sa nuk po çahej. Ndjeja rrahjet e shpejta dhe alarmin e enëve të gjakut përballë një fluksi të paparë ndonjëherë. M'u duk vetja si një uzinë energjetike, si një epruvetë hormonale në shpërthim e sipër. Veç truri s'më punonte, kishte marrë leje, dukej i mënjanuar nga kjo festë. Nuk guxoja të merrja asnjë vendim. S'mund të merrja vendime kur mendjen e kisha në pozicion stand-by. Ajo grua kishte hyrë përfundimisht në sistemin tim, qe tretur brenda meje. Qeshë dyfish njeri, gjysmë grua, gjysmë burrë. Ndjehesha njeri i plotë.

Pas pak, lëvizi kokën, më puthi në faqe dhe u ngrit.

S'kishte nevojë për fjalë; u ngrita edhe unë. Ajo hodhi një hap, tjetrin e hodha unë, ajo doli në krahun tim, unë ia hodha mbi supe. Ashtu, si një trup i njëjtësuar, ecëm drejt hotelit. Pa fjalë, të rrethuar nga nata, yjet, malet, gjurmët e zogjve e të fluturave në ajër. Punonim me një zemër, me një sistem qarkullimi të gjakut. Ashtu hymë në ashensor, dolëm prej tij, u kthye nga unë, mbylli sytë, më puthi lehtë mbi buzë, u shkëput, ngadalë, si të bënte kujdes për të mos thyer enët komunikuese mes nesh, hapi derën e saj, më dërgoi edhe një puthje në ajër dhe mbylli derën pas vetes. Dëgjova kërcitjen e çelësit nga brenda dhe e kuptova që tashmë qe shkëputur prej meje. Bëra të njëjtat veprime, i dërgova një puthje në ajër, pashë puthjen time tek binte në tokë pas përplasjes me derën e mbyllur, hapa timen, e mbylla, shkova drejt shtratit, pashë pikturën e Gustavit, fika dritën dhe u shtriva me rroba, si një natë më parë.

* * *

Të nesërmen u zgjova herët. Hamendësimet e mia se, sapo të gjendesha vetëm, do torturohesha me një mijë e një brejtje ndërgjegjeje, me analiza, argumente e kundërargumente, për befasinë time të këndshme dolën të pavërteta. Ajo gjendje e mrekullueshme transfuzioni mes nesh kishte zgjatur edhe disa minuta mbi shtrat. Një gjumë i rrallë, nga ata që bëja në moshën e adoleshencës, mbushur me ato fragmente supesh, mjekrash, faqesh, kofshësh, sysh, flokësh të shoqeve të klasës, më kishte çlodhur tërësisht. Para pasqyrës, gjithçka m'u konfirmua edhe njëherë. Dukesha vërtet i bukur. I ri. Handsome! Hoqa rrobat me të cilat kisha fjetur dhe vërejta se mbathjet e mia qenë lagur, pastaj qe krijuar një kore...! E mora me mend çfarë kishte ndodhur. Më ndodhte shpesh në vitet e gjimnazit. U lava, u ndërrova e dola.

Qe dita e fundit e seminarit, që do fillonte në orën dhjetë. Kisha dy orë kohë. Mora një kabinë teleferike dhe zbrita në fshatin më të afërt. Pranë kishës dhe stacionit të trenit ndodhej një librari e vogël. Gruaja e imët, që shiste libra, cigare, revista e gazeta, pa më përshëndetur, më pyeti:

- Edhe ju për romanin "11 minuta"? I kam shitur të gjitha kopjet sot. Nesër më vijnë të tjera.

- Mirëmëngjes, zonjë! - i thashë, duke bërë sikur s'kisha kuptuar asgjë. - Dua gazetën "Le temps", ju lutem!

Ajo më zgjati edicionin e së dielës, që kishte një shtesë letrare, duke më vërejtur me habi. Pagova dhe dola. Arrita në kohë në kurs. Pjesëmarrësit po ndiqnin përmbledhjen e punimeve të ditëve të mëparshme. Dukeshin pak të interesuar.

Dita e tretë qe planifikuar më tepër si çlodhje. Pasdite do bënim një shëtitje në akullnajën "Aletch", shpallur pasuri botërore nga UNESCO! Anna më kish premtuar se atë ditë do ta braktiste pishinën me ujë të kripur nga deti i lashtë, shteruar para miliona vjetësh, e do vinte me ne. Në orën dymbëdhjetë morëm autobusin për të zbritur tek teleferiku, që do na dërgonte në majë të malit. Aty do hanim drekë, në ndonjë nga restorantet e bollshme, për të ndjekur pastaj sipas ëndjes drejtimet tona. Na kishin pajisur me harta e fletëpalosje, thua se do zbrisnim në tokë të braktisur nga njeriu.

Me Annën u takova në stacionin e teleferikëve. Bëra një përpjekje të dështuar për të qenë në një kabinë vetëm me të. Jo! Një grup i zhurmshëm skiatorësh u ngjitën me ne, duke na zënë frymën. Për fatin tonë, ata zbritën në stacionin e parë. Në pjesën e dytë të ngjitjes qemë vetëm. Ajo me faqet e trëndafilta dhe buzët e kuqe, unë me druajtjen time akademike dhe këmishën e bardhë. Ajo e veshur me rroba sportive të përshtatshme për lartësinë ku do ngjiteshim, unë me rroba seminari, kostum, kravatë e këpucë të holla qyteti. Qeshi me teshat e mia.

- Ku po shkon? - më tha. - Ka borë dhe shkëmbinj atje lart. Edhe qiell, por ti nuk do fluturosh, se nuk je zog i lirë.

E vështrova ngultas. M'u duk se përmes syve të saj dhe xhamit të tejdukshëm të kabinës, që varej qindra metra mbi një hon, pashë gjithë të ardhmen time. Ashtu të rrezikshme, mbi një humnerë të akullt-sterile, si këmisha, dhe të bardhë, si dëbora atje thellë në një grykë përroi. Një lëngëzim i papritur i syve ma turbulloi pamjen e mrekullueshme që kisha përpara. Anna e kuptoi atë imtë dobësie që më përshkoi. Zgjati dorën dhe me gishtat e mëdhenj më fshiu faqet e lagura.

- Ke sy të bukur, si të një kali të humbur në mjegull! - më tha dhe afroi buzët për një sekondë mbi të miat. U tërhoq shpejt, duke më thënë se ne nuk njiheshim dhe nuk ia dinim jetën njëri-tjetrit. - Kjo tërheqje që kemi është produkt i pranverës, është rastësore, kalimtare, si këto pamje që rrëshqasin poshtë nesh.

Kishte të drejtë. Qemë të huaj. I thashë se ndjehesha mirë pranë saj. Ajo më kujtoi se e kishte thënë e para një gjë të tillë. Po ndjeja mbi buzë pjalmin e puthjes që më kish dhuruar. Kisha një tundim marramendës për të kaluar gjuhën mbi buzët e puthura prej saj, ashtu siç kisha bërë një natë më parë. Më vinte zor, një lloj turpi fëmijëror, që e kisha provuar herët, thellë në fëmijërinë time të parë, atëherë kur pas një shkëmbi të lagur, duke ruajtur dhitë me Lumnijen, ajo më kishte puthur fort në faqe. Gjithë mbrëmjen e kalova para pasqyrës, me shpresën e gjetjes së kontureve të buzëve të saj mbi faqen time rozë e topolake. Edhe të nesërmen në mëngjes kontrollova, por asgjë, asnjë gjurmë, aq sa lë peshku në ujë apo gjarpri mbi gurë. Asnjë shenjë e puthjes, që qe tretur thellë në shpirtin tim për të mos u harruar kurrë e për të dalë nga ato thellësi këtu në Zvicër, pas shumë vitesh. Lumnija u martua një vit më vonë, për të humbur nga sytë dhe jeta ime. E kërkova fshatrave e fermave, kur shkonim nëpër aksione gjatë viteve të gjimnazit. Gjeta dhjetëra Lumnije, por jo timen, atë të puthjes.

Anna ndiqte përhumbjen time.

- Nuk e prisja të ishit kaq i brishtë. Në mbrëmje dukeshit më solid, më i pathyeshëm. Ndoshta ngaqë jemi shumë afër njërit-tjetrit, ngaqë të shoh rrudhat e imëta dhe thinjat. Edhe ti duhet të kesh vërejtur se nuk jam aq e përsosur sa dukem nga larg. Kam edhe unë rënien time të brendshme, lodhjen e moshës dhe... - ajo ndali një sekondë - ...që hetohet vetëm po të jesh kaq afër sa je ti. Por unë jam e kujdesshme, prej vitesh nuk lë më asnjë burrë të më afrohet, që kur më braktisi i imi! Pikërisht atëherë kur kisha më shumë nevojë për të.

Ajo po tregohej e brishtë po aq sa unë, po zbulonte nga jeta e saj pa e pyetur kush, ndoshta me shpresë se do më nxiste të flisja edhe unë. Kabina teleferike bëri një frenim të beftë dhe ne u gjendëm në ndalimin e parafundit. Kolegët e mi, në kabinat e vogla që ndiqnin varg njëra-tjetrën, vazhduan udhëtimin. Anna më tha se veshja ime ishte fort e pakëshillueshme për te stacioni në majë të malit. Vërtet, edhe aty ku ishim po frynte një erë, që të priste si me brisk.

Pas njëqind metrash, ndaluam në një minihotel, të quajtur "Alpenperle". Ndërtuar me dru të pjekur në vaj të djegur, dukej i errët dhe i vjetër, por në të gjitha dritaret vareshin lule plot ngjyra, thua se ishte fundi i prillit. Dhomat në katin e dytë e të tretë kishin dritare me kapakë të ngjyrosur në të kuqe, që i jepnin hotelit pamjen e një lodre gjigande mbi borë.

- Këtu do hamë drekë! - tha ajo.

Dhe ashtu u bë. U ulëm përballë njëri-tjetrit në një

qoshe të restorantit, pranë dritares, që lejonte hedhjen e shikimit thellë në luginë. Një kamerier me origjinë nga Kosova na shërbeu shpejt e shpejt. Nuk i tregova se isha nga Shqipëria. Nuk desha ta ngatërroja atë çast, që po kaloja me Annën, me histori e emra fshatrash nga Ballkani. Djaloshi, shumë i sjellshëm, fliste gjermanisht, frëngjisht dhe anglisht. U kujdes që dreka jonë të ishte sa më diskrete. Pak klientë që erdhën, i sistemoi në pjesën tjetër të restorantit, duke na lënë pothuajse të vetmuar në atë kënd. Zgjodhëm verën, një "Cornalin" të Valesë.

- Sa kohë ka që është larguar? - e pyeta Annën, duke e ditur se ajo do ta kuptonte se për kë e kisha fjalën.

- Nuk u largua, më braktisi! - tha ajo prerë.

Vërejta një fije pezmi në zërin e saj. Ngriti gotën e verës dhe më vështroi drejt e në sy, sikur donte të thoshte se bisedat rreth atij subjekti nuk i pëlqenin. E mora me mend se kisha bërë një gafë të vogël. Por, mesa dukej, do ta kaloja pa ndonjë pasojë të madhe. Ajo filloi të fliste për verërat e veçanta të Salquinen, fshatit të famshëm të verës në Valais.

- "Cornalin", "Pinot Noir" dhe "Humagne Rouge", verërat tipike të atij fshati, në fillim fitonin gati çdo vit të gjitha çmimet lokale. Puna shkoi deri aty, sa të tjerët të revoltoheshin. Salquinen është fshati i parë gjermanofolës dhe shënon kufirin gjuhësor me frëngjishten. Prodhuesit e tij vendosën të mos paraqiteshin më në konkurse lokale, duke u dhënë shans konkurrentëve të fitonin edhe ata. Por kjo tërheqje nga gara rriti në majat më të papërshkrueshme emrin e mirë të verërave të tyre e njëkohësisht që ata të mos i kushtonin më rëndësi cilësisë së saj. Nga ana tjetër, prodhuesit frankofonë ecën përpara në kërkim të verërave cilësore. Këtë luftë të gjatë tregtare lokale e zbehu globalizimi dhe hapja e Zvicrës ndaj verërave që vinin nga larg, deri edhe nga Kili. Më në fund, fshatarët e kuptuan se e keqja nuk u vinte nga cilësia e verërave të fshatrave përbri, por nga çmimi i ulët i verërave të huaja.

Leksionin për pijen e dashur e dëgjova me politesë. Po ta dija se do dënohesha në këtë mënyrë, nuk do ta kisha bërë kurrë pyetjen se "kur qe larguar..."! Anna ishte tolerante. E kuptoi se me aq e kisha marrë mësimin e nuk u zgjat më. Më tregoi me gisht nga dritarja një tufë zogjsh, që po shtyheshin mbi një degë peme. Prej saj u rrëzua pak borë dhe, nga një topth i vogël në fillim, ajo rrotullame u shndërrua në ortek. E ndoqëm me sy kur theu qafën në brezin e parë mbrojtës, një si trinë e çeliktë, në hyrje të pyllit me pisha.

- Tani sapo mësova se shkaku i ortekëve janë zogjtë! - tha ajo duke qeshur.

Qesha edhe unë. Më tërhiqte si magnet gazi i saj. Apo i druhesha urdhrit të saj: "Qesh! Qesh me gjithë shpirt!". Don't bring everybody down! - më jehonin në honet e trurit vargjet e këngës.

- A të kujtohet që po flisnim për letërsinë mbrëmë? Gjimnazist, kam dashur të shkruaj edhe unë. Bëra mirë që nuk "shkarravita". Por nëse më ndodh ndonjëherë, teksti im do ketë titullin "Alpenperle" ose emrin tënd dhe do përshkruajë historinë tonë.

- Unë nuk jam ndonjë lexuese e madhe, por më ka bërë përshtypje një thënie e Graham Grin: "Jeta është kaq pikëlluese, saqë e kam të vështirë të kuptoj se si njerëzit, që nuk merren me muzikë, pikturë, teatër apo me shkrim, shpëtojnë pa u çmendur". Sipas kësaj thënieje i bie që ne të jemi të çmendur. Por Grin ka harruar se në këtë botë, përveç gjërave të sofistikuara e që kërkojnë një talent të veçantë, siç është arti, ekziston edhe e qeshura, dhuratë e mrekullueshme e natyrës për njeriun, përpara se të lindte arti.

- Edhe Niçe thoshte se arti ka lindur veç për ta bërë jetën njerëzore të përballueshme.

- Të dy janë shumë seriozë për t'u marrë më gjatë me ta këtë pasdite! - tha ajo dhe qeshi. Merret me mend lehtësisht: qesha edhe unë. Pas çdo qeshjeje të saj, qeshja edhe unë. Tashmë e di edhe ti lexues këtë gjë. Por atë pasdite u përpoqa dy-tri herë të qeshja i pari, të thosha diçka me humor, ta bëja të shkrihej gazit. Nja dy barsoleta, që i përktheva nga gjuha shqipe, kërkuan shpjegime shtesë për t'u kuptuar prej saj. Vështirë se mund të bësh dikë të qeshë me shpjegime. Hoqa dorë.

I tregova historinë e dashurisë me Lumnijen, se si torturohesha para pasqyrës për të parë gjurmën e puthjes mbi faqe. Ajo qeshi me zemër. Ngjyra rozë, qukat në faqe, flokët e ndarë në mes dhe sytë e saj vallëzuan e vallëzuan si në një festë të rrallë. U ngrit nga vendi, doli në krahun tim, u zgjat mbi sup dhe më puthi aty ku i kisha thënë se më kishte puthur baresha e vogël e fëmijërisë sime. Zemra e kuptoi se çfarë po ndodhte dhe rinisi betejën për të furnizuar me gjak enët tona komunikuese.

- Lumnija jote s'ka pasur buzëkuq! Puthjen time mund ta shohësh dhe prekësh. Madje edhe mund ta analizosh, pasi buzëkuqet prodhohen nga laboratorë farmaceutikë. Vetëm hutimi yt para pasqyrës, pas puthjes, nuk mund të analizohet. Aq më mirë që kanë mbetur edhe disa gjëra të pashpjegueshme në këtë botë.

Po m'i thoshte këto fjalë pranë veshit, duke mbajtur parakrahun mbi supin tim. Pjesa e fytyrës, ekspozuar ndaj frymëmarrjes së saj, po më prushurohej. Mbështeti kokën mbi krahun e varur në supin tim dhe vështroi jashtë.

- A ngjitemi lart? - pyeti me shikimin gjithmonë tretur në dëborë.

Djaloshi kosovar, që shërbente edhe si sportelist i hotelit, nuk e zgjati me formalitete; na dha çelësin. U ngjitëm në katin e tretë dhe hapëm derën e dhomës. Në oxhak, flakët bubulonin. Vështruam njëri-tjetrin të habitur. Kush e kishte porositur ndezjen e zjarrit?

U ulëm përballë tij me nga një gotë verë në dorë. Drutë kërcisnin në vatër dhe gjuhët e zjarrta ndërronin ngjyrë dhe formë me një shpejtësi të madhe. Mbi fytyrën e saj vallëzonin hije e dritë njëherësh. U duk se diçka e brendshme, një mendim që ajo s'mund ta shprehte, e bëri të mendohej, të dukej e trishtë, por shpejt, ashtu si flakët, edhe pamja në fytyrën e saj ndryshoi. Qeshi, qeshi me zë. M'u duk e pavend ta pyesja përse. Isha i sigurt se do më thoshte të qeshja edhe unë, pa asnjë arsye. Ashtu siç ndoshta bënte edhe vetë. Njeriu duket më i bukur kur qesh! "Don't bring everybody down", më erdhën prapë ndërmend vargjet e këngës. Qesha edhe unë. Pa urdhrin e saj. Anna mbështeti kokën mbi gjurin tim. I vura dorën me delikatesë mbi faqe dhe fillova ta përkëdhelja. M'u duk si një mace e imtë; përkëdheljet ia rrëqethën trupin. Përfitoi nga kalimi i gishtave të mi afër buzëve dhe i puthi. Unë përkula kokën dhe e putha në sy. Vuri gotën mbi tavolinë dhe hoqi një triko të trashë. Ashtu dukej më bukur, linjat e trupit i dalloheshin lehtë, gjoksi i harkuar bukur! M'u ul në prehër dhe m'i hodhi duart rreth qafës.

Shpejt i braktisëm rrobat njëra pas tjetrës dhe bëmë dashuri me pasion të thellë, aty para zjarrit, në atë dhomë të hotelit "Alpenperle". Pastaj morëm prapë gotat. Nisa të shqiptoja emrin e saj ngadalë, duke e rrokëzuar si te fillimi i romanit, Lo-li-ta.

- Anna Mennem! Emër i rrallë, i ëmbël, simetrik, i përsosur, si trupi yt!

Ajo qeshi.

- Trupi im nuk është simetrik! - tha, duke ngritur lart gjinjtë e saj.

Për habinë time të thellë, njëri gji ishte më i vogël se tjetri. U zura keq. Fjalët për simetrinë m'u dukën të panevojshme, karteziane, gjeometri mbi një trup femëror. Por, qysh herët, nga koha e leximeve filozofike, më qe fiksuar një mendim i Platonit, që e identifikonte harmoninë dhe bukurinë me simetrinë, ndërsa anarkinë dhe shëmtinë me mungesën e saj.

Ajo kishte arsye të qeshte me budallallëkun tim. Ndoshta për atë shkak kishte qeshur. Platoni nuk i kishte parë gjinjtë e Anna Mennem. Edhe pse jo simetrike, ishin një përsosje e hijeshisë. Më tërheqës, më të ëmbël, më njerëzorë e më femërorë, ndoshta edhe për shkak se përbënin një përjashtim nga rregulli platonian. Si për t'i kërkuar falje gjirit pak më të vogël, u derdha mbi të dhe e mbusha me puthje. Ajo më pëshpëriti në vesh:

- Puth tjetrin, se në atë s'ndjej asgjë. Është thjesht protezë e mbuluar me lëkurë. E kam hequr para disa vitesh dhe ti e merr me mend pse. Aq më tepër pas këtij kursi treditor!

Ajo nuk e përmendi fjalën fatale. Dhe mirë bëri. Me një operacion dhe me buzëqeshje, ajo e kishte mundur sëmundjen e ligë, e kishte lënë pas. Gjatë asaj nate, i trajtova me të njëjtin respekt gjinjtë, gjithçka të sajën, sidomos të qeshurën.

Të nesërmen, u ndamë kur dolëm nga kabina e teleferikut pa i dhënë njëri-tjetrit as numër, as adresë. Krimi qe konsumuar. Autorët u larguan nga vendi i ngjarjes pa lënë gjurmë. Ky qe vullneti i saj. Romanin

"11 minuta", me keqardhje, por nuk do ta lexoj kurrë.

* * *

Enigmën e zjarrit të ndezur e mësova shpejt. Djaloshi kosovar, që shërbente në hotel, ishte djali i një mikut tim. Nuk e kisha njohur, sepse qe rritur, qe rritur shpejt. Erdhi një ditë në farmacinë time. E njoha menjëherë dhe e pyeta nëse punonte akoma në atë hotel.

- Po, - më tha, - dhe sa herë të vish ti, unë do ta ndez zjarrin!

Tunda kokën duke qeshur e vënë gishtin në buzë si për t'i thënë që ta ruante sekretin.

Këtë histori e shkruajta disa vite më vonë. Ia dërgova një mikut tim diplomat, rumun, që kishte studiuar në Shqipëri. Ai kërkoi ta përkthente e ta botonte në shtypin letrar rumun. Pranova me një kusht: titulli duhej të ishte patjetër "Alpenperle" ose "Anna Mennem". E përktheu dhe e botoi në Bukuresht. Një miku i tij e përktheu në gjermanisht dhe e botoi në një gazetë lokale të komunitetit hungarez, në veriperëndim të Rumanisë. Një studiues gjerman i minoriteteve etnike në Ballkan, që fliste edhe shqip, e kish lexuar tregimin dhe qe vënë në kërkim të autorit. Më gjeti në Zvicër.

- Do ta ribotoj tregimin në një revistë letrare gjermane, pasi t'i bëj disa përpunime gjuhësore, - tha.

Fatkeqësisht, studiuesi gjerman vdiq nga infarkti dhe unë s'pata asnjë njoftim nëse ish botuar a jo.

Shtatë vjet më vonë gjeta në kutinë e postës një kopje të revistës gjermane dhe tregimin tim në faqet e saj. Brenda, një copë të vogël letre:

"Kam shtatë vjet që kërkoj gjurmët e puthjeve të tua mbi gjinjtë e mi. Coelhio ka përdorur emrin Maria, emrin tim "të luftës", siç e quan ai, ti ke përdorur një pjesë të madhe të emrit tim të vërtetë. Jam e lumtur që të njoha.

Anna Mennem"

Kaq! As adresë, as numër telefoni. Ngrita dorën në faqe si për të prekur puthjen e saj, puthjen që Anna më kishte dhënë në restorantin "Alpenperle". A thua vërtet, Anna Mennem të kishte qenë personazh i Coelhios?

Më bren kjo pyetje, por unë s'kam më asnjë lloj dëshire ta lexoj romanin e tij, "11 minuta".

* * *

Luiza e hodhi tekstin e shtypur mbi tavolinë, ngriti gotën e verës dhe nuk foli. Papagalli u zgjua prapë nga gjumi. Lëshoi një zhurmë, piu ujë, ndërroi vend. Na këqyri të dyve si me habi. Ndoshta iu dukëm jo fort mirë nga mendtë. Disqet e muzikës xhaz ndërroheshin njëri pas tjetrit e tingujt vinin deri në oborrin e mbuluar me bar. Po pija verë. Me kohë e kisha lënë leximin e poezive të Verlenit. S'kishte dritë të mjaftueshme për sytë e mi. Po prisja komentet e saj. Gjatë gjithë mbrëmjes, pas çdo teksti, ajo kishte thënë diçka.

- Të këshilloj të mos e lexosh romanin e Coelhios! - foli dikur. - Së pari, është roman i dobët, sipas pikëpamjes sime, së dyti, edhe sikur të ishte si "Alkimisti", ky pakt me personazhin tënd është kaq njerëzor, sa që lexuesit, po ta marrin vesh që e ke shkelur, do zemëroheshin me ty, më keq, nuk do të ta falnin!

- Unë jam autor, nuk jam personazh! E kam vënë në vetën e parë, por nuk do të thotë që jam unë.

- Ha-ha! - qeshi ajo.

E qeshura e saj zgjoi papagallin, i cili iaktheu replikën: "Hi-hi".

- Pastërnaku e ka Doktor Zhivagon në veten e tretë, por Yurin e tij, të gjithë e shohin si Boris. Disa personazhe, mes tyre po më pëlqen të shtoj edhe farmacistin tënd, e kapërcejnë shumë shpejt kufirin ndarës mes krijuesit të tyre dhe vetvetes. Si ka thënë Floberi, sipas djalit tënd? "Je suis Madame Bovari". Floberi libertin fshihet, maskohet, ia vesh shpirtin e tij, melankolinë, vanitetin, por edhe forcën e pasionit e të rrezikut, zonjës së tij, personazhit, Madame Bovarisë. Në fund të fundit, lexuesit kërkojnë tek autorët e tyre jo veç tekste letrare të bukura, intriguese, histori e personazhe, me të cilat do donin të identifikoheshin, t'i kishin si modele. Në fakt, ata mendojnë autorin. Historia e rrëfyer në libër u përket atyre pas leximit, autori mbetet pjesa e fshehur e ajsbergut. Tolstoi ka bërë po aq simpatizantë me fermën e tij, në Iasnaïa Poliana, sa me "Luftën dhe Paqen". I sheh sot shkrimtarët britanikë e amerikanë? Kanë një armatë të tërë këshilltarësh. Psikologë, mjeshtra të të folurit në publik, këshilltarë mode, agjentë shitjesh e publiciteti! Madame Rowling, krijuesja e Harry Potter ka shitur me miliona kopje; librat e saj u bënë filma, marrëzia publike arriti deri aty sa njerëzit zinin radhën para librarive me ditë të tëra për ta pasur një kopje. Po sot...? Letërsia e vërtetë buron nga dhimbja, nga drama, nga periferia. Në njëqind vitet e ardhshme, librat më të bukur do shkruhen në Irlandë, Islandë, Greqi, Spanjë, Shqipëri, Portugali, Bosnje, ndoshta edhe në Krimé, Afganistan, Iran apo në disa vende afrikane. Një ditë, njerëzit do ta kuptojnë që po blejnë plehra, vetëm se ato kanë shans t'u bëhet publicitet në TV. Një autor i famshëm britanik, nga ata që shkruajnë komedi thumbuese, John O'Farrell, në librin e tij "This is your life", shkruan: "Ju mund ta zbuloni barin kundër kancerit ose mund të sillni paqen në Lindjen e Mesme, por, në fakt, nuk jeni askushi nëse nuk jeni shfaqur në televizor!". Kjo do të ndryshojë shumë shpejt. Pasi numri i karagjozëve që dalin në televizor dhe i mundësive për t'u shfaqur është shtuar aq shumë, saqë njerëzit kanë filluar t'i vlerësojnë ata që nuk dalin, ata që refuzojnë të shiten! Ata që kanë bërë studime të thelluara në ndonjë fushë me rëndësi jetike, nuk pranojnë më të dalin nëpër ekrane në krah të fitueses së fundit të Miss Mississipit, të kampionit Europian të Dominosë, apo fituesit të lavdishëm të Big Brother Moldavia 2015. Ndërkohë që Dalai Lama, Papa Françesku, Zonja Merkel dhe Zoti Obama akoma nuk kanë vendosur nëse duhet t'i shmangin daljet në televizor krahas me fituesin e fundit të çmimit IgNoble ose me presidentin e Klubit të Karatesë të United Albanians of Bronx, apo me ndonjë kryeministër të demokraturave lindore. Është vendim i vështirë, duhet ta marrin në mënyrë kolegjiale, të pyesin këshilltarët, të bëjnë sondazhe..., aha!!! Gjithë kjo plehnaje televizive do na kthehet mbi krye si bumerang. Përmes këtyre vuglarizimeve të pas çdo sekondshme që po përjetojmë, s'mund të na mbetet ndonjë fije humanizmi apo dëshire për t'u përfshirë e dhënë ndihmesë në jetën publike...

- No politics...! - i thashë duke qeshur.

Dukej e nervozuar. U përpoq të vendoste rregull në emocionet e saj.

- Në këtë novelë ke bërë një shkëputje të pabesueshme. Ky tekst është i çliruar nga ngërçi i një kohe të ngrirë. Nuk mund të them se është shkruar më mirë apo më keq. Pasi te gratë hidrocentralase kishte një sinqeritet poshtërues, absurd, që lejonte me aq delikatesë të qeshura, ndërsa tek "Alpenperle", teksti i kthehet kujdesit për personazhin, për rrëfimin. Në një farë forme, nëse do më duhej të merresha me kategorizimin e tekstit tënd letrar, do thosha që kjo novelë shënon hyrjen tënde në botën e letërsisë që shitet, që lexohet pa shkaktuar dhimbje koke. Sa miliona lexues nuk e durojnë dot Franc Kafkën? Ankthin e teksteve të tij, ata e jetojnë në përditshmërinë tyre. Kjo lloj letërsie është si një udhëtim me balonë, nga një majë mali tek tjetra. Është një çlodhje. Një ditë pushimi. Është si molekulë antidepresive: ISRS . Mbi të gjitha është shkruar bukur.

- ISRS?

Nuk m'u përgjigj. Bëri një gjest me dorë që do të thoshte: "Hiqju, varja, mos ia vër mendjen".

Luiza nuk kishte pirë aq shumë. Gjatë gjithë pasdites dhe darkës kishte lexuar. Kishte ngrënë një copë të vogël pice, disa fruta me verën e bardhë dhe sa i kish pickuar pak mishin e thatë dhe djathin. Nuk pinte as cigare. I vetmi luks, sipas saj, që i lejohej nga mjekët, ishte një gotë verë dhe leximi.

Ajo vërejti shpërqendrimin tim.

- Do të të flas prapë për tregimin tënd, apo do që të të bëj një masazh indian?

Desha t'i them: as njërën, as tjetrën, por ishte ora dy e natës, kohë jo e përshtatshme për të marrë vendimin e duhur. Duhej pritur mëngjesi. Ndërkohë ose do flisnim për letërsinë, ose do i dorëzohesha tundimit për një masazh indian. Tani që po shkruaj librin, nuk e di, por e kam të pamundur të kujtoj se çfarë zgjodha atë natë te Luiza.

Sion, shkurt 2015- prill 2024

www.ingramcontent.com/pod-product-compliance
Lightning Source LLC
LaVergne TN
LVHW032011070526
838202LV00059B/6388